아무것도 모른 채
어른이 되었다

아무것도 모른 채
어른이 되었다

을냥이 글·그림

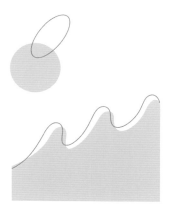

STUDIO : ODR

어른인 척 살아가고 있습니다

우리는 스스로 어른스럽지 못하다고 생각해요. 하지만 한편으론 작은 일에 상처받고 전전긍긍하면서도 '어른이니까' 라며 아무렇지 않은 척해요. 이것은 다 커버린 몸과 나이를 가졌지만 속에는 어린아이가 남아 있는 어른들을 위한 글이에요.

그 어린아이는 우리의 덜 자란 마음과 같아요. 항상 멋지고 여유로워 보이고 싶어 하는 어른의 미숙한 점, 남에게 보여주기 싫은 점을 계속 건드리고 자괴감마저 들게 하죠. 괴롭다고 해서 외면한다면 그 아이는 점점 모난 모습으로 삐뚤어지고 아픈 채로 방치될 거예요.

내면 어딘가에서 상처받아 울고 있는 어린아이를 감싸 안아주고 "괜찮아"라고 말해줄 수 있는 어른, 불안과 무서움에 떠는 아이에게 용기를 주는 어른, 철없이 구는 아이를 마음속에 품고 있는 어른도 전부 내 모습이에요.

　　우리는 평생 미완성일 수밖에 없어요. 아직 준비가 되어 있지 않았음에도 시간이 흘러 나도 모르게 어른이라는 수식어를 달게 되었을 뿐이죠. 자신 없고, 부족하다 느끼면서도 어쩔 수 없이 성인의 반열에 들었다는 이유로 세상에 나 홀로 씩씩하게 뛰어들어야 하죠. 그럼에도 우리는 누군가를 필요로 해요. 사람은 혼자 살 수 없기에 타인과 마음을 나누고 살아가지만, 타인으로 인해 상처 입기도 해요. 아직 남아 있는 어린아이의 여린 마음이 상처받아도 어른이니 견뎌야 한다는 일념 아래 버티며 살아가고 있죠.

　　사실, 우리는 스스로의 마음에 꽤나 가혹하게 굴고 있어요. 나마저 내 마음을 외면하고 무시한다면 다른 사람들의 진심 어린 마음까지 의심하고 스스로를 계속 상처 입히며 살아갈 거예요. 그러니 완벽해질 수 없더라도, 스스로 마음을 들여다봐 주고, 위로하고 다독이며 끝까지 포기하지 않고 살아갔으면 해요.

　　키가 크는 것은 하루하루 확인할 수 없지만, 언젠가 갑자기 알아차리기도 하고, 누군가 말해주어 알게 되기도 해요. 우리 마음속의 어린아이는 내일도 자랄 거고, 계속해서 성장해나갈 거예요.

　　　　　　　　　　ー아직 만들어지고 있는 어른 중 하나가

내 속에는 아직 어린아이가 남아 있었고

나는 그 어린아이에게 가혹했던 것도 같다.

덜 자란 내 마음의 보호자는 나였다.

나라도 내 마음을 돌보고 어루만져 주어야 했다.

차례

PART 1

어른도,
펑펑 울고 싶은
날이 있다

다만 참는 법을 배웠을 뿐

어릴 적, 나는 어른은 울지 않는 줄 알았어요.

친할머니가 돌아가셨을 때, 아빠는 장례식 내내 괜찮아 보였어요. 울지 않고, 내게 장난을 치며 웃기도 했어요. 하지만 발인식 날 결국 엉엉 우셨어요. 나는 아빠가 우는 모습을 처음 보았고, 그제야 아빠가 괜찮은 척 힘껏 울음을 참았다는 것을 깨달았어요.

어른이 된 후엔 울음을 터뜨리기보단 불쑥 솟구쳐 나오는 슬픔을 참는 일이 더 많아져요. 나이가 들수록 상처에 무뎌지는 것이 아니라 아무렇지 않은 척 슬픔을 참는 법에 노련해지는 거예요.

가끔은 감당하지 못할 슬픔에 어린아이처럼 엉엉 울고

싶은 날이 있지 않나요? 이별, 상처, 자책, 좌절, 자기 연민, 우울. 세상에 어른들을 울리는 것은 많아요. 넘어지기만 해도 울음을 터뜨리던 어린아이일 때보다 훨씬 더. 살아온 시간만큼 새겨진 상처들은 낫기는커녕 덧쌓여서 어느 순간 별것 아닌 사소한 계기에도 견딜 수 없이 울고 싶어져요. 상처 입어 단단하게 딱지가 생겼더라도 다른 부위에 새로 나는 생채기는 몹시 아프죠.

어릴 때처럼 슬플 때마다 마음껏 울 수 있다면 얼마나 좋을까요.

길거리에서 홀로 울고 있는 아이를 보면 다가가 걱정하며 부모님은 어디에 있는지, 왜 우는지 물어보고 달래주는 어른들이 많을 거예요.

하지만 다 큰 어른이 길가에서 홀로 울고 있다면 먼저 다가가서 물어보고 따뜻한 손길을 내미는 경우는 별로 없겠죠. 사정이 있겠지, 안 좋은 일이 있나 보다 하며 잠깐 쳐다보고 지나칠 거예요. 달래주어야 할 아이와 달리 눈물을 그치는 것은 어른 스스로의 책임이 되어버리거든요.

회사 상사에게 혼났을 때, 인간관계에 상처받았을 때. 혹은 정말 별것 아닌, 울 일도 아닌데 눈물이 나고 울고 싶은 날은 자주 있어요. 우리는 울지 않는 것이 아니라 울지 못하는 것 같아요. 약한 모습을 보이고 싶지 않고, 울어서 해결되지 않는다는 것을 이미 깨달았기 때문이죠.

슬픈 일을 겪었을 때, 하루에도 몇 번씩 엉엉 울고 싶지만 어른으로서 주어진 자신의 역할을 해내고 괜찮아 보여야 하기에 꾹 참아내요. 쌓이고 쌓인 슬픔은 혼자가 되어서야 서럽게 터져버리고 말죠.

누구 하나 마음 터놓고 이야기할 사람도 생각나지 않고, 연락처를 보아도 불러낼 사람이 없을 때. 그렇게 홀로 슬픔을 감당하며 흘려보내야 하는 것, 그만큼 서럽고 외로운 일이 또 있을까요.

'괜찮아' 가면을 쓰고 살아가는 어른들에게, 마음에 제각각의 슬픔을 품은 채 꾹 참으며 살아가는 어른들에게 가끔은 먼저 물어봐 주는 건 어때요?

"괜찮아?"라고.

내가 먼저 손을 내민 그 누군가는 언젠가 내가 가장 힘들 때, 괜찮냐고 물어보며 손을 내밀어줄 거예요. 그렇게 서로에게 의지하고, 의지가 되어주며 어른들의 슬픔을 버텨나가는 거예요.

가끔 그런 생각을 해요. 그때 그 장례식 날로 돌아간다면 어떨까, 내가 울고 있는 아빠의 손을 꼭 잡아주었더라면 어땠을까, 작지만 따스한 온기가 여기 있으니, 사랑하는 마음이 여기 있으니 서럽게 울어도 된다고 말해주었다면 어땠을까.

　　나는 지금도 늦지 않았다고 생각해요. 지금 옆에 있는 사람에게 먼저 손을 내밀면 될 테니까요.

우리는 가끔 넘어지곤 해.

그럴 때마다 넘어진 스스로를 탓하지.

더는 달래주며 일으켜줄 어른이 없거든.

사실은 어른이 되고 나서 더 많이 운 것 같아.
나도 위로받고 싶어.

불친절한 사람과
살아가는 법

어른이 되는 과정에서 깨달아가는 게 있어요.

모두가 내게 친절하지는 않다는 것, 때로는 내게 상처 주는 사람이 더 많다는 것.

아주 어린 꼬마였을 때도, 학생일 때도, 어른이 된 지금도 사람과 사람 간의 관계와 갈등은 우리를 상처 입혀요. 특히 학생 시절에는 친구가 전부이기에 더욱 예민했던 기억이 있지 않나요? 우리는 사소한 일에도 상처를 입고 서운해하지만, 어른이라는 이유로 상대를 배려하며 참으며 살아가고 있어요.

인간관계에서 오는 상처로 사람을 믿지 못하게 되거나, 각각의 결핍을 갖게 되기도 해요. 우리는 상대를 배려하고 존중해주되, 그만큼 상대에게도 배려와 존중을 받아야 해요. 마음은 보이지 않기에, 일방적인 관계는 한쪽을 상처 입히고 울리곤 하지요.

　　살면서 누구에게나 한 번씩은 찾아오는 큰 시련을 겪고 있을 때, 서로 완전히 밑바닥까지 보여준 상황에서 친하다고 여겼던 친구가 본색을 드러낸 적이 있어요. 배신감, 억울함, 분노가 솟구쳐 올라 잠까지 설쳤지만 이 일을 계기로 인간관계도 한 번씩 걸러지는 순간이 온다는 것을 느꼈어요.

　　그렇게 나이가 들수록 연락하거나 만나는 친구가 줄어드는 일이 많아졌죠. 각자 치열한 삶을 살아가느라 바쁜 이유도 있지만 이해와 배려, 존중이 결여된 불균형한 형태, 그 불합리한 관계가 지속되다 인연의 끈이 낡아 끊어져 버린 경우도 있어요.

　　바빠서 자주 보지 못하는 사람과 오랜만에 만났지만, 마치 어제 만났던 것처럼 편하고, 흔연히 웃을 수 있다면 그것이 인연 아닐까요? 자주 연락하지 못하더라도 경조사나 생일을 축하해주거나 가끔은 먼저 연락해주는 사람. 그 사람은 당신의 삶을 이해해주고 그만한 소중함과 애정을 지닌 사람이에요.

　　주변에 사람이 별로 없다고 해서 쓸쓸함을 느끼거나 슬퍼하지 말아요. 영원히 머무는 것은 없듯이, 인연은 늘 새롭게

다가오게 되어 있고 그렇게 새롭게 맺고 낡으면 끊어지는 것을 반복해요. 내게 다가온 인연에게 좋은 사람이 되어 최선을 다하되, 상대가 그렇지 않거나 멀어진다면 그냥 그렇게 사라지도록 놓아주세요. 교류하지 않아 낡아가는 것에 아쉬워하지 말아요. 죽을 만큼 노력해도 사라지는 것이 인연이고, 그렇게 하지 않아도 곁에 머물러 있는 것이 인연이니까요.

못된 아이는
여전히 못된 어른이었다

― 잘 지내니?

과거 내게 상처를 주었던 사람이 어느 날 SNS 메시지를 보내왔어요. 시간이 지나면 흐려진다지만, 어쩌면 외면해온 관계였을 뿐일지도 몰라요. 그땐 어렸고, 철이 없었다고 억지로 이해하려 했던 건 나를 위해서였어요. 떠올려봤자 나만 억울하고 괴로웠으니까요. 피해를 준 사람은 기억을 못 하거든요. 어떻게든 잘못을 깨우쳐주려 해봤자 사회적인 시선과 세간의 평가 때문에 불리한 상황에 몰려 어쩔 수 없이 뉘우치는 경우가 많죠.

트라우마를 안겨준 그 친구도 마찬가지로 내게 먼저 사과하려던 것도, 잘못을 인정하는 것도 아니었어요.

— 혹시 이거 도와줄 수 있나 싶어서.

그 사람은 아무렇지 않게 내게 부탁을 해왔어요. 청첩장과 함께 결혼한다는 소식도 전하더라고요. 순간 가슴이 턱 하고 막혔어요. 이 애는 자연스럽게 내게 연락해올 만큼 자신이 어떤 행동을 했는지 기억하지 못하는구나. 그게 잘못이라고 생각하지 않는구나.

— 네가 나한테 연락할 입장이야?

나는 한참을 고심하고 상처받은 과거에 시달리다 가까스로 답장을 보냈어요. 하지만 그 사람은 정말 아무렇지 않게, 지독하게 가벼운 실수로 치부했어요.

— 아, 미안. 내가 좀 나빴지? 철없을 때 실수니까 이해해주라.

— 그래, 그럼 그 철없을 때의 실수, 네 남편 될 사람도 알아?

자신이 한 일에 지극히 관대한 모습을 보였어요. 철없던 시기의 실수라 여기며 합리화하는 모습에 화가 나 보낸 메시지에 답변은 오지 않았어요. 그제야 자신이 무슨 짓을 했는지 되새

기고 고찰한 모양이었지요. 그렇게 몇 시간 후 돌아온 답변은 장문의 사과와 잘못 인정, 내가 어떤 기분이었을지에 대한 것들이었어요. 나를 위해 한 진정성 있는 사과라고 느껴지지 않았어요. 남편 될 사람이 알게 될까 봐, 그 불이익 때문에 태도를 바꾼 것이었죠.

　　　— 언젠가는 알겠지.

　　그 답변을 마지막으로 차단해버렸고 이후에 어떻게 내 번호를 알아냈는지 걸려오는 전화도, 문자도 전부 무시해버렸어요. 그 사람은 앞으로 나에 대한 죄책감보다는 자신의 행동이 알려질까 전전긍긍하며 긴장 속에서 살아가겠죠. 나름의 복수였음에도 구정물에 발을 담그고 나온 것처럼 찝찝했어요.

　　얼마 후 그 사람이 자신의 잘못을 감추려고 주변에 내 험담을 하고 다닌다는 소식이 들려왔어요. 나는 상관하지 않았어요. 그 말을 믿는 사람은 어차피 내 사람이 아니고, 못된 사람은 과거에도 못된 행동을 한 전적이 있기에 나는 당당했어요.

　　그 이후로 나는 내게 잘못한 사람들에게 잘못을 짚어주되 인정하지 않으면 더는 이야기하지도, 상대하지도 않았어요.

　　이미 흙탕물 속에 있는 사람은 남에게 흙탕물을 튀긴 것이 잘못임을 몰라요. 똑같이 해줘 봤자 아무 소용이 없고, 내 손만 더럽혀질 뿐이죠.

잘못한 사람이 너무 잘 살아가는 모습을 보면 화가 날 수도 있어요. 하지만 높으면 높을수록 바닥으로 떨어질 때의 고통은 이루 말할 수 없이 크답니다. 그냥 그렇게 잘못 살도록 두는 것. 언제 곤두박질칠지 모른다는 두려움에 사로잡혀 불안에 떨며 살아가는 걸 지켜보는 것. 나는 그저 옳은 길을 가는 것. 그것이 최고의 복수일지도 몰라요. 잘못된 길의 끝은 낭떠러지일 뿐이거든요.

예쁜 말, 미운 말,
상처 주는 말

　　날 선 질책, 꾸지람, 욕설, 사나운 언행에 상처 입지만, 악의는 없을지라도 생각 없이 내뱉는 말들에 상처 입는 경우도 있어요. 그럴 때 나쁜 의도로 한 말이 아닌데 예민하게 반응한다며 별것 아닌 일로 치부해버리기도 하지요.

　　선물 받은 옷을 입은 어느 날 누군가가 웃는 낯으로 이렇게 말해온 적이 있어요. 평소 상대의 옷차림이나 외견에 관심이 많고, 지적 아닌 지적을 해대며 은근히 상대를 낮추는 사람이었어요. 그러면서 자신의 지식을 뽐내고 가르치기 바쁜, 그런 사람이었지요.

　　"그 옷 어디서 샀어요? 진짜 안 어울리는데. 사람마다 어울리는 색깔이 있잖아요? 그 색은 아닌 것 같아요."

"선물 받았어요."

"남자친구? 그 친구 센스 없다는 말 좀 듣죠?"

"아빠가 선물해준 거예요."

그 사람은 잠깐 당황하고는 곧 자신을 합리화하기 바빴어요.

"몰랐네요, 미안해요. 나쁜 의도가 아니라 알려주려고 말한 거예요."

이후로는 그 사람이 하는 말은 괜히 신경 쓰이고, 별것 아닌 말에도 의미를 부여하게 되어 기분이 나빴어요.

"오늘 입은 옷 예쁘네요."

정말 예뻐서 하는 말일까? 어제는 별로라고 하더니 괜히 돌려 까는 것 아닌가? 칭찬의 말도 진정성을 느끼지 못하게 됐어요. 다른 사람이 말했다면 즐겁게 웃으며 대화를 이어갔겠지만 전혀 그럴 기분이 들지 않았어요.

한번 입 밖으로 나온 말은 상대에게 전해진 이상 되돌릴 수 없어요. 정정하고 사과하더라도 그 상처는 곧바로 지워지지 않고, 상처의 깊이만큼 편견이 공존하게 돼요. 말실수 한 번으로 부정적인 의미의 '그런 사람'으로 고착되어버리고 영원히 그런 사람으로 기억에 남겠지요. 물론 한 번의 실수라면 만회할 기회가 있겠지만 이미 편견이 자리 잡았기 때문에 쉽게 되돌릴 수는 없어요.

각자 살아온 모양이 다르듯, 상처받는 부분도 달라요. 내게는 괜찮은 말이 상대에겐 괜찮지 않을 수 있고, 상대가 아무렇지 않게 하는 말에 나는 상처받기도 해요. 이런 일은 서로의 상처나 트라우마, 성향을 잘 모를 때 일어나지만 너무 익숙해지고 편해진 관계에서도 일어나요. 항상 한 번 더 생각하고, 상대와 나는 다른 환경에서 자라온 다른 어른이라는 사실을 잊지 말고 신중하게 배려하며 나와 상대가 함께 웃을 수 있는 대화를 했으면 좋겠어요.

그 옷 너무 안 어울려.

어릴 때는 미처 몰랐던 것들

"아저씨는 왜 혼자 살아요? 외롭잖아요."

어릴 적, 이웃집에 살던 아저씨에게 이렇게 물었어요. 혼자 사는 중년의 어른을 본 게 그때가 처음이었거든요. 제 주변의 어른은 대부분 가족과 살았으니까요. 그 아저씨는 낮에도 집에 있었고, 러닝셔츠 차림으로 집 앞에 나와 담배를 피우곤 했어요. 맨날 돈이 없다고 투덜거리면서도 하루도 빼먹지 않고 슈퍼에서 소주를 샀어요. 가끔은 놀고 있는 나한테 수박 맛 아이스크림을 사주기도 했어요.

"집이 작아서."
"우리 집도 작은데요?"

"니가 작잖아. 우리 애들은 커서 들어가지도 않아."

아저씨는 대답했어요. 아저씨의 얼굴은 잘 기억나지 않아요. 무뚝뚝하게 대답하던 아저씨의 얼굴이 불그죽죽하고, 눈자위가 노랬었다는 것만 기억나요. 나는 아저씨가 사주신 아이스크림을 먹으면서 가끔 질문하곤 했어요.

"술은 왜 맨날 먹는 거예요?"
"크면 알게 돼."

아저씨는 알 수 없는 대답만 했어요. 그리고 5학년 가을 운동회 날 이후로 아저씨를 볼 수 없었어요. 어른들은 그 아저씨가 어떻게 되었는지 알려주지 않았어요.

나중에 어른이 된 후에야 사업 실패로 이혼 후 술만 마시다 돌아가셨다는 이야기를 들었어요.

"그 아저씨 너를 엄청 예뻐했어. 딸이 있었거든."

외로움과 이별의 아픔, 실패의 고통을 견디지 못해 술에 의존했다는 것.

아내와 이혼하면서 따로 살게 된 딸이 그리워 가끔 나에게 아이스크림을 사주곤 했다는 것.

결국엔 외로움도, 슬픔도, 아픔도, 그리움도, 술도 이겨내지 못했다는 것.

그런 것들을 알게 되었어요.

그때의 나로 돌아간다면 그 아저씨에게 해주고 싶은 말이 참 많아요. 아저씨의 마음을 전부 헤아릴 수는 없어도, 같은 사람으로서 얼마나 힘들었을지 공감할 수 있게 되었거든요.

어른이 되어갈수록 어른들의 사정을 이해하게 되고, 어렸을 때는 몰랐던 것들도 함께 알아갔어요. 나이를 먹을수록 내가 겪는 수많은 괴로움과 고통도 함께 늘어가요. 물론 그에 상응하

는 기쁨과 위로 또한 알게 되지요. 몸과 마음이 자랄수록 '좋다', '싫다'라는 단순한 두 가지에서 잔가지처럼 뻗어나가 집착과 미움, 좌절, 희망, 기쁨 등이 무수히 생겨난 것이죠.

　　우정과 신뢰를 얻은 후 배신의 괴로움을 알게 되고, 더 많은 재물과 부를 욕망하며 눈앞의 현실과 실패에 고통을 느끼고, 누군가를 사랑하고 사랑받으며 사랑의 아픔을 알게 되는 것처럼 가졌던 기쁨과 함께 잃는 고통도 깨달아요.

　　지나간 일에 대한 후회를 오래오래 담아두면 고여서 썩기 마련이에요. 후회와 고통을 비워내고 흐르도록 놓아두면 순환하며 깨끗한 상태로 돌아오게 되어 있어요. 지나간 불행은 지금의 내게 아무런 힘도 쓸 수 없지만, 그것을 계속 마음속에 머금고 절망하면 나 자체가 불행한 사람이라는 믿음이 생겨버려요.

　　그렇게 나는 불행한 아이였고, 지금도 불행한 어른이라 믿게 되고 말아요. 원하는 것을 바라고 지키되 내 전부를 걸지 말고, 실망하고 슬퍼하더라도 내 마음을 절망 속에 오래 가둬두지 말고, 지나간 불행에 미련 두지 말았으면 해요.

'친절' 가면 뒤에 숨은
속마음

우리는 나이가 들고 세상을 겪어갈수록 순수함과는 멀어져요. 상대의 호의, 친절, 웃는 낯에 의심부터 하게 되지요. '나한테 왜 저러지?', '뭘 원하는 거지?', '날 이용하려는 거 아닌가?'

상대를 더 배려하고 존중하고 친절하게 대해주었을 뿐인데 그 마음을 이용해 호구 취급하거나 만만하게 대하는 사람을 만나본 경험 때문에 의구심과 방어 심리가 생기기도 해요.

분명, 그 사람도 처음부터 당신에게 그렇게 행동하지는 않았을 거예요. 친해지기 시작하면서 호의를 베풀고 듣기 좋은 말을 하고 친절한 모습을 보였을 거예요. 애초에 불친절한 사람이었다면 당신도 마음을 열지 않았겠지요.

점점 나의 호의를 당연하다 여기며 가까스로 시간을 내

어 부탁을 들어줘도 고마워하기는커녕 오히려 더 바라는 모습을 보이기도 하죠. 나에게 사정이 있어 해주지 않으면 화를 내고, 오히려 주변 사람들에게 나에 대한 험담을 하는 경우도 종종 있어요.

'나한테 그것도 못 해주니?'

가까운 관계, 소중한 사람이라는 수식어를 인질 삼아 협박하기까지 해요. 그 이기적인 행동에 상처받은 후에야 그것이 가면을 쓴 모습이고, 가식이었다는 것을 깨닫죠.

'분명 좋은 사람인 줄 알고 나도 잘해줬을 뿐인데'

이런 경험들이 쌓이고 쌓이면서 누군가를 만날 때 저 사람도 가식이 아닐까, 저 사람에게 속아 상처받는 것 아닐까 의심부터 하게 되겠죠. 어른은 '친절'이라는 가면을 쓰는 데 능숙하기 때문에 속을 잘 몰라요. 마음이 보이지 않기에 더 무서워지죠.

그러면서도 이 사람은 나를 진심으로 대할지 모른다는 일말의 가능성에 기대를 걸고 또다시 속아 상처받는 일을 반복해요. 하지만 내가 늘 상대를 진심으로 대한다면 가짜는 결국 본색을 드러내게 되어 있고, 진짜는 호의적인 진심을 드러내게 되어 있어요. 그동안 살면서 내가 깨달은, 내 사람을 찾고 가짜를 걸러내는 방법이에요.

그동안 만나왔던 사람이, 나의 주변 사람들이 가짜였다고 해서 이 세상까지 가짜는 아니랍니다. 세상은 넓고, 내 사람은 어딘가에 존재하는 법이거든요.

항상 감사하는 마음을 가진 사람, 부탁을 어려워하고 미안해하는 사람, 받은 만큼 돌려주려 노력하는 사람이 바로 좋은 사람이고, 내가 소중하게 여겨야 할 사람이에요.

아이였을 때 내가 가졌던 마음, 온 마음을 다해 눈앞의 사람을 대하던 때의 그 마음을 믿고 관계를 맺는다면 내 곁에 좋은 사람이 다가올 거예요.

세상은 어른에게
참 냉혹하지

첫 입사 후 신입사원일 적, 나는 실수투성이 어른이었어요. 능력에 비해 업무가 과중했고, 아직 익숙지 못한 상황에서 해야 할 일은 너무 많았어요. 상사와 선배들은 자신의 일을 우선으로 해달라며 업무를 하달해오고 정신이 없었지요. 실수라도 하면 불호령이 떨어지곤 했어요. 그 경험 덕분에 많은 것을 배웠고 할 줄 알게 되었지만, 그때 당시에는 우울증이 올 만큼 힘들었어요. 이 일을 빨리 끝내야만 하는데 다른 일을 먼저 해달라는 요청이 물밀듯 밀려오니 이것도 저것도 제대로 하지 못하고 우왕좌왕할 뿐이었죠. 척척척 일을 해내는 다른 사람들에 비해 내가 너무 부족한 사람처럼 느껴졌어요. 전부를 챙기는 것이 얼마나 힘든 일인지도 그때 깨달았어요.

'하다 보면 잘하겠지', 그렇게 생각했지만 잘 안 됐어요.

늘 혼났고, 문제아가 된 것만 같았어요.

그곳에서 냉혹한 사회생활을 몸소 체험했지요. 확실히, 사회는 냉정해요. 잘못했다면 책임을 져야 하고, 실수라 해도 너그럽게 이해받긴 힘들어요. 주변의 따가운 시선과 질책들은 결국 내 자존감을 낮추고, 자책과 자기 비하로 이어지기도 해요.

"어른이 그런 실수를 해?"

"어른이잖아."

나는 아직 어른이 될 준비가 안 됐는데, 어느 날 문득 어른이 되어 있었고, 이제 갓 사회에 발을 들였을 뿐인데 너무나도 달라진 환경에 마음이 고달팠어요. 어른이어도 누구나 잘못을 하고, 실수도 하는 법이죠. 그렇지 않은 완벽한 어른은 없어요. 다만 그러지 않으려고 노력하고, 어른답게 해결하고 책임질 수 있어야 하며, 반복하지만 않으면 돼요. 또 하나 실수에 주눅이 들어 자신감을 잃어버리지 않는 것이 중요해요.

"나는 이 실수를 반복하지 않을 거야. 다음엔 더 잘해보자."

나 자신을 잘 용서하는 마음도 필요해요. 뉘우침 없이 용서와 이해만 하려 한다면 그것은 자기 합리화가 되어버려요. 그렇다고 나를 계속 질책하기만 한다면 자기 비하가 되어버리죠. 어린아이에게 알려주듯 적절히 가르쳐주고 하나씩 깨달아나가야 해요. 세상에 내 편이 없는 것 같다면 나라도 내 편이 되어주고 관대하게 나를 바라봐 주세요. 다음에 더 잘할 수 있다는 믿음을 가져주고 다시 할 수 있는 기회를 주는 거죠.

진정한 내 편은 나를 위한 말을 아낌없이 해주는 사람이에요.

그리고 내 마음에게 상냥하게 말해주세요. "나는 못 해", "나는 잘하는 게 없어", "나는 못났어"같이 부정적인 말을 하는 어른이 되지 말았으면 해요. 우리 마음은 어린아이이고, 아직 자라고 있는걸요.

훌륭한 어른은 실수 없이 완벽한 사람이 아니라 실수에서 배우고 천천히 계속 나아가는 사람이랍니다.

내가 무능력한 게 아니라
그 회사가 최악이었어!

사회생활을 시작한 지 얼마 되지 않았을 때의 이야기예요. 부모님의 걱정과 반대를 무릅쓰고 타지에서 회사를 다니게 되었지요. 새로운 곳에 터전을 잡고, 집을 구하고, 홀로 서는 것은 힘들었지만 '독립'을 해냈다는 뿌듯함과 낯선 환경에서 점점 자리를 잡아간다는 그 성취감이 좋았답니다.

회사에 적응하고 정직원 전환까지 불과 2개월을 남겨두었을 때, 다른 부서의 대리 하나가 마감 기한이 촉박한, 과중한 업무를 맡았다며 내게 도움을 요청했어요. 내가 하는 일과는 전혀 다른 분야였지만, 사장의 딸인 그 대리를 도와야 한다는 상사의 말을 듣고 밤에 야근까지 하며 최대한 도움을 주었어요.

그러던 어느 날, 그 업무가 완전히 제 담당으로 넘어왔다는 사실을 알게 되었어요. 깜짝 놀라 어떻게 된 영문인지 상사에게 물어보았지만 이미 대리님이 다 해둔 일이고 마무리만 하면 되니, 일주일 안에 끝내라고만 말하더라고요.

그런데 업무 내용을 확인해본 결과 내가 도와주고, 자료를 찾아준 일 외에 아무것도 되어 있지 않았어요. 외주를 주었던 업체도 일을 시작하지 않은 상태였지요. 일주일 안에 완료하는 것은 무리겠다 싶어 사정을 설명했지만 회사는 내 사정 따위 이해해주지 않았어요. 다른 부서의 일인데 인수인계도 제대로 해주지 않았고, 외주업체는 기일 안에 충분히 작업할 수 있다는 말만 던져놓고 능청을 부렸어요. 따로 공부하며 야근을 하고, 집에 가서도 작업을 했어요. 정직원 채용을 앞두고 있었기에 불안한 마음도 컸어요.

기일 안에 일을 해줄 외주업체로 변경하기 위해 기안서를 올렸지만 외주를 준 업체가 사장의 지인이라는 이유로 윗선에서 바로 거절당했어요. 불합리함에 화가 나고 모든 책임을 오롯이 내가 져야 한다는 것을 알았기에 두렵고 불안했어요. 이상하게도 그 시기에 회사 사람들이 나를 피하는 것 같다는 기분을 느꼈어요. 결국 사내식당에서 홀로 점심을 먹고, 아무도 말을 걸지 않아 주변 사람들과 하루 종일 한 마디도 하지 않은 채 퇴근한 적도 많았어요.

결국 나는 정해진 기간 안에 일을 끝내지 못했어요. 사장은 회사에 막대한 피해를 입혔다며 내게 소리를 질렀고, 상사는 못 할 거 같으면 진작 그 일을 거절했어야 한다고 화를 냈어요.

일주일 안에는 못 끝낸다고, 이런저런 이유로 힘들다고 한 내 말은 그저 말대꾸일 뿐이었어요. 결과적으로 정규직 전환을 한 달 앞두고 해고당하고 말았어요. 회사는 업계에 소문내 다른 곳에 취업하기 힘들게 만들겠다며 으름장을 놓고 배상금 운운하며 실업급여와 퇴직금도 주지 않았어요.

당장 월세와 생활비를 내야 하는 데다 당시에 키우던 고양이가 아파서 수술비를 마련하느라 대출을 받아놓은 상황이었어요. 눈앞이 막막했지요. 퇴사하던 날, 사장 딸이라던 그 대리가 나를 힐끗 쳐다보고는 직원들과 하하 호호 웃는 모습을 보고는 더욱 심란했던 기억이 나요. 부모님과 친구들이 있는 고향을 떠난 터라 아는 사람도 없고, 세상에 홀로 남겨진 기분이 들었어요. 속상해하실까 봐, 나를 한심하게 여기실까 봐 두려워 차마 부모님께 말씀드리지도 못하고 속으로 끙끙 앓기만 했지요.

훗날 채용사이트에 달린 댓글을 보니 '최악의 회사', '계약직 직원을 써먹고 버리는 회사' 같은 악평이 달려 있더라고요. 알고 보니 과다한 업무를 떠맡기거나 따돌려서 정규직 전환 전에 그만두게 만드는 악행으로 유명한 곳이었어요.

그 당시 나는 인생이 끝나버린 것만 같은 두려움에 많이 힘들었어요. 이 일이 약간의 트라우마로 남기도 했죠. 모든 것이 내 탓인 것만 같았거든요. 하지만 충분히 시간이 지난 후 한 걸음 물러서서 바라보니 나 자신을 비하하고 스스로에게 상처 줄 필요는 없었던 것 같아요. 지금의 나라면 부조리에 따끔하게 일침을 가하고, 노동부에 신고해서 혼쭐을 냈을 텐데 말이죠. 지금도 스물다섯의 나를 회상하면 몹시 마음이 쓰라리고 안타까워요.

그 어린 나이에 왜 그렇게 혼자 힘들어했을까, 어째서 더 어른인 사람들은 아무도 도와주지 않았을까. 회사 화장실에서 홀로 눈물을 닦던 나에게 그곳은 나쁜 회사였을 뿐이고, 당시의 경험은 어른이 된 후에 겪는 성장통이었다고 말하며 과거의 나 자신을 끌어안고 다독일 수 있을 만큼 지금의 나는 성장했고 강해졌어요.

어딘가에 비슷한 일로 힘들어하고 계신 분이 있다면, 혹여나 그 사람이 당신이라면 말해주고 싶어요.

"당신 잘못이 아니에요."

네 잘못이 아니야.

조언을 가장한 지적질

　　때로는 맞는 말일지라도, 냉정한 조언이 필요한 경우일지라도 상대가 받아들일 수 없는 상황이라면 말은 그 사람을 상처 입히곤 해요.

　　이전에 공모전에서 떨어져 엄청 슬펐던 날, 속상한 마음에 누군가에게 이야기한 적이 있어요. 그 사람은 아무런 관심 없다는 듯 무심한 표정으로 말했어요.

　　"네 작품이 당선되지 못할 만한 문제점이 있었겠지. 다른 작품들이 더 훌륭했거나. 심사위원들의 눈은 정확하잖아?"

　　"혹시 내 작품을 본 적 있어?"

　　"아니. 안 봤어."

가끔 힘들어하는 사람에게 위로 대신 더 큰 상처를 주는 사람들이 있어요. 조언을 바라지 않는 상대에게 조언하고 간섭한다면 오지랖이 되듯이, 우리는 가끔 아는 것도 다 말하지 않는 절제를 발휘할 필요가 있답니다.

"이렇게 했어야지."

"왜 그렇게 안 했어?"

힘겨울 때 이렇게 말해오는 사람은 흔해요. 그런 말을 들은 사람도 다른 누구보다 잘 알고 있고, 이미 자책하고 있을 거예요. 힘들다는 마음을 털어놓은 상대에게까지 지적과 꾸지람을 듣고 싶지 않았을 텐데. 상대방의 정확한 마음을 헤아리지 않고 공감하지 못하며 하는 조언은 오직 자신만의 경험에 의거한 의견일 뿐이죠. 서로 불쾌하기만 할 거예요.

또 다른 친구는 내 기분이 어떤지를 먼저 물었어요. 결론은 단순했지요.

"내가 치킨 사줄 테니까 먹고 기분 풀어. 그래야 다시 할 거 아니야? 붙으면 한턱 쏴."

너무나도 힘든 날엔 오히려 이런 단순한 위로가 더 도움이 되곤 했어요. 상대가 위로받고 싶은 상태인지, 냉정한 조언이 필요한 상황인지 잘 생각했으면 해요.

　　먼저 상대의 입장과 이야기를 허심탄회하게 들어주고, 지금 기분은 괜찮은지, 마음이 얼마나 아픈지 물어봐 주는 공감이 우선되어야 해요. 그다음에 위로와 함께 해결 방안을 조심스레 이야기해주는 거죠. 무조건 가르치려 드는 사람에겐 아무것도 털어놓고 싶지 않겠지요. 오히려 더 상처 입고 자괴감이 들어 자신감까지 하락할 테니까요.

왜 나를 싫어할까?

딱히 잘못한 것도 없는데 미움받은 적 있나요? 이유를 전혀 몰라서 스스로 잘못한 것이 있나 되돌아보기도 하고, 상대에게 솔직하게 물어본 적도 있을 거예요.

상대가 이유를 말해준다면 고칠 수 있겠지만, 이유를 말할 수 없거나 말을 붙이는 것조차 싫은 상황일 수도 있어요.

그 상대가 나를 싫어한다는 이유로 며칠을 고민하고, 마주칠 때마다 가슴이 뜨끔해지기도 했을 거예요. 중학생 때, 나도 그런 친구를 따로 불러 진지하게 물어본 적이 있어요. 잘못한 것이 있다면 사과하겠다고. 그 친구는 이렇게 대답했어요.

"그냥 싫어, 이유 없어."

저 말이 나를 더 괴롭게 하더라고요. 불확실한 이유, 나도 모르는 내 단점에 관해 자꾸만 생각하게 되고 더 많은 사람이 나를 미워할까 봐 노심초사하며 점점 소심해졌어요.

그냥 혼자 싫어하면 되는데, 주변 친구들에게도 내 험담을 하기에 고초는 더욱 심해져 갔죠.

어느 날, 화장실 칸 안에 들어가 있는데 밖에서 나를 싫어하는 친구와 그 친구들이 대화하는 소리를 들었어요.

"난 걔 아직도 싫더라."

차마 나가지 못하고, 터져 나오려는 눈물을 꾹 참고 있었어요. 하지만 그때 다른 친구의 목소리가 들려왔어요.

"나는 좋던데."

누군가 나를 좋게 봐주는 사람이 있다는 사실을 깨닫고 마음이 편해졌어요. 타인의 마음이 전부 나와 같을 수는 없으니, 상대가 나를 이유 없이 싫어할 수도, 반대로 내가 상대를 이유 없이 싫어할 수도 있다는 것도 알게 됐어요.

사실 싫어하는 데 이유가 없진 않았어요. 대화가 통하지 않는다든지, 말로 꺼내지 못할 열등감이 있었다든지, 기타 개인적인 문제가 작용한 경우도 있었어요. 그저 주관적인 입장에서 서로 맞지 않음을 느꼈을 때, 성향이 다를 뿐 상대의 문제가 아니기에 굳이 말로 꺼내지 않았어요. 세상의 모든 기준에 다 맞출 수는 없으니까요.

모든 사람이 나를 좋아하지 않듯이, 나를 싫어하지 않는 사람도 있어요. 그러니 내 마음 다쳐가며 싫다는 사람의 마음을 돌리려 애쓰기보단 나를 좋아해주는 사람들에게 집중하는 것이 훨씬 행복한 일이에요.

매일을 견뎌내기

가끔은 무력감과 우울함에 잠겨 사는 의미조차 잃어버릴 때가 있어요.

저 길을 지나면 희망이 보이지 않을까, 저 나무 뒤에 희망이 숨어 있지 않을까 하는 기대마저 무색해지고 완전히 무너졌을 때, 그럴 땐 전부 상관 없어지고 무기력해져 아무것도 하고 싶지 않아지겠죠.

지극히 염세적으로 변해 내 마음을 알아주는 사람은 없는 것 같고, 사람들의 위로도 전부 뻔하게 들리고, 희망과 응원의 글귀도 그다지 와닿지 않아요. 공감하지 못하면서 가식적인 위로만 해대는 주변 사람들은 전부 필요 없다 여겨지기도 해요.

내게도 불행한 상황을 감당하기 버거워 전부 포기하고

싶고, 포기하려 했던 시기가 있었어요. 시련은 점점 마음을 좀먹어가서 완벽하게 망가졌었어요. 전문가라는 정신과 의사들도 똑같은 말을 하고 똑같은 약을 처방해줄 뿐이었지요. 사람들이 건네는 걱정과 조언을 듣고 있으면 오히려 화만 났어요.

'내 상황이 돼본 적도 없으면서 말만 그럴듯하게 하네.'

행복한 내용의 영화나 드라마를 보아도 오히려 박탈감이 들더라고요.

'나는 왜 저렇게 행복하지 못할까? 다 행복한데 나만 불행해.'

그중 가장 나를 괴롭힌 것은 내일을 기대하지 않게 되는 체념이었어요.

'더는 못 하겠어. 더 살아봤자 뭐가 달라져? 내일도 괴로울 거고, 미래에도 달라지는 건 없어.'

절망에 갇히면 아무것도 보이지 않고, 들리지 않아요. 오직 절망만 선명하게 와닿아요. 확실히, 그 누구도 내 불행과 고통을 잘 알지 못해요. 결국 내 마음을 잘 알고 이해하는 것은 나밖에 없어요.

무너져버린 나를 조금이라도 일으키는 것은 결국 나 자신이더라고요. 모든 것을 포기하고 엎드려 있을 때, 고개를 들고 주변을 바라볼 수 있고, 들려오는 소리에 귀 기울일 수 있는 힘을 내봤으면 좋겠어요.

펑펑 울어도 좋고, 화를 내도 좋아요. 잠시 모든 것을 내려놓고 아무것도 하지 않아도 좋아요. 다만, 포기하지는 말아요, 우리.

포기하지 않는다면 스스로 절망을 이겨내고 어둠 속에서 빠져나오길 묵묵히 기다려주었던 사람들이 내미는 손들도 보일 거예요. 내가 다시 힘을 내고 주변의 이야기를 들을 수 있게 되기까지 기다려주고 지켜봐 주고 있었던 그 누군가의 손을 말이죠.

벚꽃이 잔뜩 흩날리던 4월의 어느 날, 아무 생각 없이 걸어가던 나는 문득 멈춰 서서 이렇게 생각했어요.

'살아 있길 잘했다.'

포기하지 않고 살아 있었더니, 이런 아름다운 풍경을 보는구나.

겨울이 가고 봄이 오듯, 내 생에도 따뜻한 햇빛이 드리우고 꽃이 피는 날이 와요. 절대 안 올 것 같았는데 정말로 오더라고요. 그러니 우리 조금만 더 견뎌봐요.

세상의 온갖 불행이
나에게 몰려온 날

가끔은 삶이 너무 고통스럽고, 살아갈 기력조차 없어지 곤 하죠. 내일이 오는 것이 두렵고, 아침에 눈 뜨는 것이 너무나 도 괴로워 영원히 잠들고 싶던 적이 있어요.

수만 가지의 번뇌에 휩싸이고, 내가 없어도 세상은 잘 돌 아가며, 다들 나 빼고 행복한 것 같은 염세적인 생각도 들어요. 나만 없으면 될 것 같다는 생각이 들기도 했답니다.

이유는 너무나도 많아요. 무기력하고 지루한 일상의 연 속, 갈수록 상처받아 덧나는 마음, 세상에 혼자 남겨진 듯한 고 독감, 모든 것이 내가 문제라는 자기 비하와 자책. 어른이 되며 이 괴로움들이 쌓이고 쌓여 사소한 일 하나에 인내심마저 툭 끊 어지고 말죠.

세상에 화가 나고, 상처 준 사람에게 화가 나고, 결국 나 자신에게 화가 나요. 이건 모두 마음이 지쳐서 그래요.

어느 하나 확실한 것이 없고, 보장된 것이 없기에 지금 처한 상황이 오래도록 계속될 것이라는 절망에 빠지죠. 그저 도망쳐버리고 싶다는 마음만 들어요. 다만 도망치는 방법을 몰라요. 도망칠 길도 보이지 않죠. 그렇게 가장 쉬운 도피처를 찾아 일차원적인 즐거움에 빠져들기도 하고, 나 자신을 망가뜨리기도 해요.

사소한 불행에도 과거에 겪었던 큰 불행을 떠올리고 납득하곤 하죠.

"내가 그럼 그렇지. 나는 불행한 사람이 맞아. 운도 없고, 행복 따윈 없어."

세상은 불확실해요. 시시각각 변하고 온전한 내 것 하나 없어요. 고통은 이런 불확실한 것에서 불안을 싹틔우면서 시작되었어요.

우리는 시간이라는 강에 머물고 있어요. 세찬 물살에 고통받고, 떠내려가 잡을 수 없이 사라지는 것을 바라보며 슬퍼하기도 해요. 그것에 대한 집착은 강물 한가운데에 뿌리를 내리고 세찬 물살을 버티는 나무와 같답니다. 튼튼한 거목일지라도, 오랜 세월 물살을 견디다 보면 결국엔 부러지고 말겠죠.

내 마음속의 어린아이는 계속 떼를 쓸 거예요. 가지고 싶어, 혼내주고 싶어, 저 사람과 헤어지기 싫어. 그러면서 엉엉 울겠지요. 외려 혼을 내고, 너는 너무 약하고 쓸모없다며 화를 낸다면 악화될 수밖에 없어요. 우리는 그 어린아이에게 인내심을 가지고 자상하게 알려주어야 해요.

변하고 사라지는 것들에 집착하지 말자고. 영원한 가치는 우리의 마음속에 있다고. 시련에도 흔들리지 않는 강한 마음, 갑작스러운 변화에도 맞설 수 있는 용기. 다시 시작할 수 있는 희망. 그것을 위해서 담담하게 흘려보낼 수 있어야 한다고 말이죠.

세상에 변치 않는 것은 없어요. 그러니 그 모든 것에 집착하고 욕심내고 미련 둘 필요가 없어요. 당연히 내 마음도 변해요. 영원할 것처럼 사랑했던 사람도 결국엔 얼굴조차 떠오르지 않는 날이 오고, 내게 상처를 주었던 사람을 보아도 아무렇지 않은 날이 와요. 정말 가지고 싶어 어렵게 구한 물건도 어느새 방 어딘가에 처박혀 있기도 하죠. 고통스러운 지금 이 순간도 그렇게 무상하게 흘러가 버릴 거예요.

흘러오는 대로 받아들이고, 흘러가는 대로 놓아주는 여유는 오히려 내 마음을 편하게 하고, 내가 좋아하는 것을 이루거나 오래 곁에 둘 수 있는 방법이 되어줄 거예요. 그렇게 모두 포기하고 놓아버리고 싶은 힘겨운 상황 속에서도 다시 순환해 온 깨끗한 물처럼 기회가 돌아오듯이, 새로운 시작의 순간은 돌아오게 되어 있답니다.

PART 2

아이와 어른의
경계에서
서성일 때

하나부터 열까지 다
날 위한 소리

엄마는 아직도 나를 '아기' 취급해요. 어릴 때는 빨리 어른이 되고 싶었기에 엄마가 아기 취급하는 것이 싫었어요. 갓 스무 살을 넘겼을 때도 마찬가지였어요.

"집에 일찍 들어와."

"엄마나 아빠랑 상의해서 해."

"너는 아직 어려."

이 같은 말들을 잔소리라 여겨 쉬이 넘기기도 했답니다. 지금에 와서야 그 말들이 잔소리가 아닌 진정성 있는 조언임을 깨달았어요. 부모님은 나보다 먼저 인생을 살아오면서 누군가 말해주지 않아 몰랐던 것들, 세상의 가혹함을 몸소 겪으며 상처받고, 그것을 견디고 이겨내 왔어요. 우리보다 훨씬 더 깊고 많은 상처의 역사를 몸 안에 새기고 있지요. 이미 어른의 길을 앞서 걸으며 수없이 시행착오를 겪어온 부모님은 우리가 상처받지 않고 좋은 세상만 보며 살길 바라기에 잔소리를 하시죠.

혹독한 어른의 세계에 접어든 순간, 사회의 단호한 잣대 아래에서 늘 평가받으면 살아가야 하기에 '이해', '너그러움' 같은 따뜻함을 기대하기는 점점 어려워져요. 관계에서 받은 상처, 일하면서 느낀 부당함, 일상에서 겪는 다양한 모욕들을 주변 사람들에게 털어놓으면 "몇 살인데 아직도 어리광이야", "징징대지 좀 마"라는 소리를 듣기 십상이기에 말 못 할 고민은 늘어만 가지요.

우리가 내 모든 걸 내보인 채 펑펑 울어도, 불평불만을 아무리 늘어놓아도, 되돌리기 어려운 큰 실수를 저질러도 '이해하고, 너그럽게 받아주는' 사람은 부모님뿐이지 않을까요?

물론 화를 내고 질책하실 때가 많겠지만, 내심 안타깝고 걱정스러운 마음에 더 강하게 이야기하시는 걸 거예요. 그 순간은 부모님마저 내 마음을 몰라주는 것 같아 서운해도, 시간이 흐른 뒤 다시 곰곰이 생각해보면 이해가 가기도 해요.

　　모든 부모님의 눈에 우리는 아직 그들이 보호해야 할 아기 새로 보이겠죠. 우리가 아무리 오랜 시간을 살아간다 해도 부모님과 우리 사이의 시간은 좁혀지지 않으니까요. 그런 진짜 어른들의 눈에는 '어떠한 고통도 다 지나간다는 것', '우리가 저지르는 실수로 삶이 끝장나거나 세상이 무너지진 않는다는 것', '한바탕 울고 나면 다시 일어설 힘을 낼 수 있다는 것'이 모두 보이는 것 같아요.

　　그래서, 저는 요즘 부모님의 잔소리를 '사랑하는 내 딸에게 나쁜 일이 생기지 않기를 바라, 내 아이가 좀 더 쉬운 길로 갔으면 좋겠어, 우리가 너를 너무 사랑해'라고 받아들이는 연습을 하고 있어요.

　　무턱대고 짜증 내기보다는 그 이면의 마음을 들여다보는 지혜로운 어른이 되고 싶답니다.

가끔은 어른이라는 옷을
벗어던지고 싶어

어릴 때는 하고 싶은 일이 참 많았고, 선택지도 많았어요. 어린 만큼 시간도 가능성도 무한하다고 생각해 꿈도 많았죠. 하고 싶은 일이 있었지만 포기하고 전혀 다른 일을 하며 살아가는 것. 이는 평생 가슴속에 묻혀 있다 이따금 서글프게 떠올라 마음을 쓰라리게 만들곤 해요.

어른이 되는 순간 우리는 자유에 따른 책임이라는 것을 얻게 돼요. 이 책임이라는 녀석은 시간이 지날수록 한층 무거워져 우리의 어깨를 짓누르고 숨을 턱턱 막히게 만들죠. 직장, 결혼, 인간관계. 어른에게는 사소한 실수도 용납되지 않을 때가 많아요.

삶은 선택의 연속이에요. 선택에 따른 모든 책임이 나에게 돌아오고 가끔은 인정받지 못하거나 비수가 되어 날아올 때도 있죠.

그래서 쉽게 결정하지 못하고 쉽게 도전하지 못해요. 실패에 대한 막연한 두려움, 선택에 대한 책임이라는 이름으로 상처 입어온 경험 때문이지요. 우리는 '철없다', '내가 가능하겠어?', '난 이미 늦었어' 같은 냉철한 현실 인식을 앞세워 시도조차 하지 않고 포기해버리곤 해요. 조언을 가장해 스스로 결심을 무너뜨리고, 새로운 것을 덧그려보던 시야를 가리며, 도전이라는 출발에 제동을 걸어대죠.

살아 있는 이상 지난 일을 되돌릴 수는 없어도 앞으로 나아갈 수는 있어요. 인생의 끝은 죽음이잖아요? 끝에 도달하기 전까지 어떤 방향으로 발걸음을 옮길지는 우리에게 주어진 자유예요. 길을 잘 몰라서, 누군가 다른 길을 알려줘서 훨씬 힘들고, 멀리 돌아가는 길을 걷게 되더라도 어차피 그 끝은 공평하게 모두가 똑같아요.

최선의 선택을 하되, 내가 한 선택을 후회하지 않았으면 해요. 모두가 시행착오를 겪으며 성장해요. 잘못된 길을 선택했다면 다시 되돌아가거나 잠시 휴식하며 다른 길을 찾아 천천히 걸어가면 돼요.

누구나 실패는 해요. 성공의 배후에는 어느 시점에나 실패가 도사리고 있어요. 성공한 이들이 계속 도전해 성공을 거머쥐는 이유는 그것을 실패라고 생각하지 않기 때문이에요. 그러니 막연한 실패를 두려워하지 말고 '시행착오'였을 뿐이라 생각하는 건 어때요?

그렇게 한다면 우리는 시행착오에 부딪힐 때마다 성공으로 향하는 열쇠를 얻고 결국에는 원하는 바를 성취해낼 수 있을 거예요.

어릴 적에는 마음속에 꿈이 있었고, 용기와 무모함이 있었어요. 가끔은 어른이 된 우리에게도 이런 것이 필요하지 않을까요? '괜찮아, 다시 하면 돼. 이제는 더 잘할 수 있어'라고 용기 내 도전하는 것 말이죠.

어릴 때, 하얀 부분만 밟고 횡단보도 건너기 해본 적 있나요? 나는 자주 해봤어요. '실패하면 나는 죽는다!' 같은 괴상한 조건을 걸기도 했었죠. 나는 키가 작고 다리도 짧아서 껑충 뛰어야 겨우 성공할 수 있었고, 가끔 실패하기도 했어요. 하지만 실패했을 땐 뻔뻔하게 "사실 취소야. 이건 연습이었어"라고 중얼거리며 다음 날 다시 도전하곤 했어요. 결국엔 성공해서는 "나 안

죽었어!"라고 외치며 뿌듯해하기도 했죠.

연습이었다 생각해. 부족해도 괜찮아.
얼마든지 다시 하면 돼.
실패한다고 해서 죽지 않아, 멀쩡해.

이런 생각으로 나는 다시 용기 내 이 글을 쓰고 있어요.
당신도 분명히 할 수 있을 거예요.

어쩌면 포기한 것들이
나를 만들어왔는지도

　　무언가를 시작했다가 중간에 포기하고 좌절한 경험이 있나요?

　　나는 셀 수 없이 많아요. 포기해온 것 대부분은 그렇게 대단하지도 않았어요. 운동, 새로운 취미, 하루에 한 문장 쓰기, 그림 한 장씩 그리기 등등. 포기라기보다는 하기 싫어서 그만두는 것에 가까웠지요. 포기라 칭할 만큼 대단한 사정이나 원인이 있었던 것도 아니었어요. 그저 지질한 변명이었어요.

　　그러다 보니 내 삶에 큰 변화를 줄 수 있는 일들을 시작했을 때 적절한 변명과 핑계가 조금이라도 엿보이거나, 그 일을 포기할 수밖에 없는 피치 못할 사정이 생기면 '어쩔 수 없다'고 스스로 합리화하며 더욱 쉽게 놓아버렸지요.

나 자신만은 이러한 사실을 알고 있기에 남들은 다 끝까지 제대로 해내는 일을 중간에 포기해버리는 내가 너무 한심하게 느껴지고, 자기가 목표한 바를 완벽하게 해내는 사람들을 보면 나와는 다른 먼 존재처럼 생각되기도 했어요.

'이런 사소한 약속조차 못 지키는 내가 내 삶을 변화시킬만한 큰일을 도모할 수 있을까?'

자신감을 잃어 목표 설정조차 시도하지 않고 무기력해진 어른. 그렇게 뚜렷한 목적 없이 하루하루 똑같은 일상을 반복하며 흘러가듯 인생을 허무하게 보내는 어른. 저 역시 그런 어른으로 살아가던 시기가 있었어요.

시작 당시 품었던 열의와 열정을 끝까지 지켜나가는 것은 몹시 어려워요. 늘 중간쯤 고비가 찾아오죠. 만족스럽지 못하고, 내가 원하는 방향으로 흘러가지 않을 때 중도 포기와 완주 사이에서 갈등하게 돼요. 흔들리고 포기한 경험이 쌓이다 보면 그 중간 과정 때문에 시작하는 것조차 두려워하게 된답니다.

'나는 부족해.'

'완벽하게 끝낼 자신이 없어.'

이런 생각보다는 '완벽하지 않아도, 마음에 들지 않아도 좋으니 끝까지 가보자'라는 생각의 전환이 필요해요.

처음부터 잘하는 사람은 없어요. '에디슨이 전구를 발명했다'는 사실은 누구나 알고 있지만 그렇게 되기까지 2000번이나 시행착오를 겪었다는 사실은 모두가 알지 못해요. 대부분 결과만 중시하고 바라보니까요.

수많은 시행착오와 좌절을 넘어서며 하고자 하는 일을 끝까지 완료하는 과정은 사람들이 알아주지 않더라도, 나 자신만은 알고 있어요. 실패 또한, 좌절감 또한 나를 단단하게 만들어 더 큰 세상으로 나아갈 밑거름이 되겠죠.

실수를 돌아보고 부족했던 부분을 점검하고 하나씩 채워나가다 보면 점점 내가 만족할 수 있는 모양을 갖추지 않을까요? 남이 말하는 완성이 아니라 내가 추구하는 완성의 모양을요.

현실이 나를 배신하더라도 자신을 과소평가하지 말고 내 속에 잠재된 가능성을 의심하지 말아요. 세상에 완벽한 것이란 없답니다. 그저 내 눈에 나 말고 다른 사람만 완벽해 보이는 거예요. 나는 나만의 경험이 담긴 훌륭한 참고서를 들고, 그 안을 채워나가며 꾸준히 한 발 한 발 나아가면 돼요.

어른이 된 지금이
더 겁쟁이야

어릴 때는 누군가 들려준 무서운 이야기에 울었고, 착한 아이가 아니면 잡혀간다는 동화에 덜덜 떨었어요. 어른이 되면 무서운 것이 없을 줄 알았어요.

하지만 막상 어른이 되니 두려운 것이 더 많아졌어요. 일이 잘못될 가능성을 더 다양하게, 더욱 구체적으로 상상해볼 수 있었고, 실패의 경험이 얼마나 뼈아픈지도 알았고, 잃을 것도 많아졌기 때문이었어요. 사회적인 평가, 남들의 시선이 더욱 무섭게 느껴졌지요. 인정받지 못할 것 같고, 일을 제대로 해낼 수 있을 것 같지 않고, 결과가 노력을 배신할까 두려웠어요.

갖가지 요소에서 비롯된 수많은 두려움은 현실에서 도망치고 싶게 만들고, 실제로 도피해 숨어버리는 경우도 있어요. '아직' 준비되지 않았다고, '아직' 완벽하지 않다고 이유를 대며 요리조리 도망 다니죠. 사실은 두려움이라는 감정에 잡아먹힌 것뿐인데 말이에요.

어른이 갖는 두려움은 보통 어릴 때처럼 누군가가 우리에게 심어준 것이 아니라 스스로 만들어낸 것이에요. 나 자신을 믿지 못하고, 우려했던 결과를 눈앞에 마주했을 때 이겨낼 용기가 없기 때문이죠. 우리는 이 두려움 앞에 무릎 꿇고 많은 것을 포기하고 단념한 채 살아가요. 시간이 흐른 뒤, 결국 조금 더 용기 내지 못했던 혹은 겁쟁이였던 자신의 모습을 돌이켜보며 후회할지도 몰라요.

'조금만 더 해볼 걸 그랬어.'

'생각만 하지 말고 그냥 확 해볼 걸 그랬지.'

물론 걱정했던 일이 일어나지 않을 거란 보장은 없어요. 하지만 무서워서 시도하지 못했던 일에 대한 후회는 두려움보다 짙고 길게 남아요. 그러니 두려움에 맞설 용기를 내봐요, 우리. 스스로 정해둔 '한계'라는 벽을 마주하고, 눈을 질끈 감은 채 일단 부딪혀보는 건 어때요? 어떤 결과가 찾아올지는 아무도 모르는 일이니까요.

'아직', '혹시', '만약'이라는 말에 갇혀 불안해하며 스스로 만든 벽 앞에 현재의 나를 멈춰 세우지 말아요.

'아직 모르는 거니까.'

'혹시 그렇게 되더라도.'

'만약 실패하더라도.'

이렇게 계속 걸어갈 여지를 품고 나아갔으면 해요.

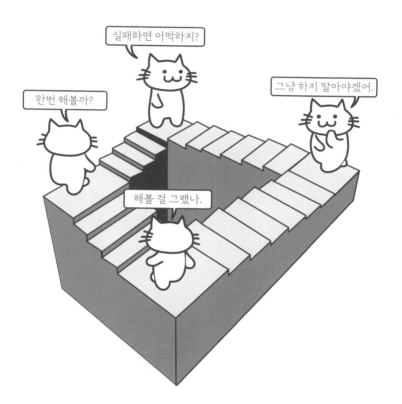

인생은 모험처럼,
삶은 여행처럼

     초등학교 시절, 나는 농촌에 있는 학교를 다녔어요. 건물들을 지나 아스팔트 위를 걷다 보면 흙길이 나오고 푸릇푸릇한 이름 모를 작물들이 잔뜩 심어진 밭이 나왔어요. 항상 거름 냄새가 났고, 큰 저수지를 끼고 있는 동네라 아침마다 희뿌연 안개가 가득했지요. 지각을 하면 안 되니까 등굣길에는 앞만 보며 열심히 걸었지만 집으로 돌아오는 길은 사뭇 달랐어요.

     모험하듯 대나무 숲을 빙 둘러 가기도 하고, 친구와 함께 새로운 길을 찾아 여기저기 쏘다니기도 했어요. 집으로 돌아가는 시간이 늦어지는 경우도 많았지만 더 빨리 갈 수 있는 지름길을 찾아내기도 했지요. 새집 속의 알을 구경하기도 하고, 논두렁을 뛰어다니는 황소개구리를 목격하기도 했어요. 황소개구리가 얼마나 큰지 그때 처음 알게 되었어요. 밭두렁에 주렁주렁 매달린 수박이 어떻게 열리고 커지는지도 지켜보았죠. 주변을 돌아보며 늘 새로운 것을 찾는 모험, 그 과정은 여행처럼 즐거웠어요.

어른이 된 이후로 제 삶에서 모험과 여행은 어린 시절의 기억처럼 희미해져 갔어요. 이제는 학교가 아닌 회사라는 조직의 일원이 되었지만 나에게 길이란 출근과 퇴근의 목적밖에 없는 것으로 변해버렸어요. 정해진 시간에 맞춰 회사에 가고, 퇴근 후에는 가끔 친구를 만나거나 바로 집으로 돌아왔어요.

똑같은 시간에 일어나서 똑같은 일을 하며 똑같은 하루를 보내다 잠자리에 들었어요. 특별할 것이라곤 없는 평범하다 못해 지루한 삶이었지요. 그렇게 몇 년을 살다 보니 숨 막히고 지겹더라고요. 남들은 성실하다 말했지만 정작 나는 답답했어요. 내가 되고 싶었던 사람, 내가 갖고 싶었던 미래와 꿈이 점점 닿을 수 없을 만큼 아득하게 멀어져 가는 것이 느껴졌거든요.

몇 년째 하던 일을 그만두고 다른 일을 시작한다는 건 삶을 통째로 뒤바꾸는 엄청난 모험이었어요. 오래 일한 직장을 그만두려 하니 주변에서 말리기도 했어요.

안정과 변화, 편안함과 위험 부담 사이에서 이러지도 저러지도 못하고 고민하던 저는 어느 나른한 오후, 점심시간에 가만히 창밖을 바라보다 문득 이런 생각을 했답니다.

'이렇게 직장을 다니고 똑같은 하루를 보내는 것이 내 삶의 종착역이라고? 그럼 이곳에서 갑자기 해고당하기라도 하면 어떻게 하지? 누가 내 미래를 보장해주지도 않고, 앞날은 아무도 모르는 거잖아.'

이대로 안주한 채 좁은 상자 속에서 쳇바퀴를 돌리는 다람쥐처럼 똑같은 삶을 살아가는 것이 맞는지 의문이 들었어요. 내가 행복하지 않은데 무슨 소용일까, 이런 생각도 강하게 들었지요.

곧바로 삶을 뒤바꿀 용기는 나지 않았기에 사소한 것들부터 시작했어요. 집에서 혼자 끄적끄적 글을 쓰거나 낙서를 하고, 관련 학원에도 등록했어요. 비록 세상에는 나보다 더 잘 그리고 잘 쓰는 사람이 많고 많겠지만 그래도 내가 해보고 싶은 걸 해보자는 생각이 들었어요.

그러면서 어릴 적 하굣길 풍경을 자주 떠올렸어요. 여유롭게 대나무 숲을 둘러보기도 하고, 집으로 가는 더 빠른 길을 찾아 여기저기 헤매 다니기도 하고, 밭작물을 구경하고 새소리를 듣던 그 시절, 그 마음을요. 어른이 되고 나선 앞만 보고 걸어가느라 바빠 주변을 돌아볼 여유를 잃어버렸던 것 같았어요. 다른 사람들이 깔아놓은 길, 평탄하다고 말하는 반듯한 길만을 따라 터덜터덜 힘없이 걷고 있었던 것만 같았어요.

내가 정말 궁금했던 길, 정말 걸어보고 싶었던 길은 가볼
생각조차 하지 않고서는요.

처음부터 큰 변화를 주는 것이 쉽지 않다는 거 알아요. 늦
었어. 두려워. 실패하면 어떡해? 발목을 잡는 게 한두 가지가 아
니죠. 하지만 아무것도 바꾸지 않고 어제와 똑같이 살아가면서
다른 결과가 나오길 기대할 수는 없어요. 그건 그냥 '욕심'이자
'망상'일 뿐이에요.

불확실하고 낯선 길이라면 꺼려질 수밖에 없을 거예요.
하지만 자신이 끌리는 길에 접어든다면, 평탄하지 않은 길일지라
도 모험에 나선 듯 설렘을 느낄 수 있지 않을까요? 처음 보는 길
에 서서 앞이 아닌 주변을 차근차근 둘러보다 자신이 몰랐던 수
많은 길이 존재했다는 것도 깨닫게 될 거예요.

저처럼 일상에 사소한 변화를 줘보는 것부터 시작하는
건 어떨까요? 집에 도착하기 전 한 정거장 전에 내려본다든지,
새로운 취미를 시작해본다든지, 인터넷으로 몰랐던 기술을 배
워본다든지요. 쉽고 부담 없이 시작할 수 있는 일들로 변화에 익
숙해지다 보면 그 사소한 변화들이 어느덧 삶의 새로운 이정표

를 제시해줄지도 몰라요. 그 이정표를 따라가다 보면 언젠가 믿지 못할 커다란 변화를 마주하게 될 거예요. 그것은 더 이상 이탈이나 일탈이 아닌, 새로운 길로 나타나겠죠.

우리는 모두 여행처럼, 모험처럼 삶을 즐길 수 있답니다. 그럴 마음만 먹는다면요.

새로운 길을
찾았어!

어른에게도
방학이 있었으면

갖가지 핑계를 대고 게으름만 피우다 해야 할 일을 미뤄 본 적 있나요? 어릴 적엔 온갖 변명을 늘어놓으며 일을 미뤄도 어른들은 모르는 척 속아 넘어가 주고 관대하게 '다음' 기회를 주곤 했어요.

하지만 어른이 된 지금은 상황이 180도 달라졌어요. 어른의 변명을 받아주는 사람은 거의 없어요. 게으른 사람, 무책임한 사람으로 한 번 낙인찍히면 '기회'는 사라지고 사회에서 점점 설 자리를 잃고 말아요.

어떻게 보면 이해가 가기도 해요. 주변에서 그런 사람 본 적 있나요?

자신이 해야 할 일을 미루고 미루다 결국엔 펑크를 내버리는 사람.

그래서 주변 사람이 대신 뒷수습을 해줘야 하는 사람.

자기 손으로는 아무것도 하지 않는 사람.

툭하면 이것 좀 해달라고 부탁하는 사람.

불평불만만 늘어놓으며 자신은 조금도 변하려 하지 않는 사람.

어른의 게으름은 아이의 게으름과 달리 주변 사람들에게 피해를 주고, 그들을 지치게 만들어요.

아무것도 안 하고, 책임이라는 무거운 짐을 내려놓은 채 마음 편히 놀고 싶은 건 아이나 어른이나 마찬가지겠지요. 처음 부터 '나는 남에게 피해를 주겠어', '나는 게으른 사람이 되겠어' 결심하는 사람은 없을 거예요.

손 하나 까딱하고 싶지 않을 정도로 무기력해지는 순간, 몸속 에너지가 방전된 것 같은 시기가 누구에게나 찾아와요. 그런 순간에 합리화가 시작되고, 이 합리화의 늪에 빠져 벗어나지 못한다면 도를 넘는 나태함과 게으름으로 이어지기도 해요.

물론 너무나 지친 날이라면 아무것도 안 하고 게으름을 피워도 괜찮아요. 스스로 책임질 수 있을 만큼의 게으름은 여유 와 휴식이 되어줄 거예요. 다시 세상에 나가 거친 파도를 견디게

할 충전의 시간이 될 테니까요.

'난 왜 이렇게 게으를까', '의지력이 너무 약해', '이러니까 뭐 하나 제대로 하는 게 없지', '나는 글렀어'라며 너무 나 자신을 몰아붙이고 비난하고 자책하지 않았으면 해요. 이것이 심해지면 우울 속에 빠져 나 자신에게 부정적인 말을 쏟아부으며 한없이 바닥으로 떨어져 내리고 말거든요. 그러면 오히려 힘을 내는 데 써야 할 에너지가 엉뚱한 곳에 사용돼 더 무기력해지고 말아요.

주변에 피해를 주지 않는 선에서, 맡은 일을 열심히 하고, 내가 가장 편안해하는 시간을 나 자신에게 선물하는 것. 그 선물의 시간에 마음껏 게으름 부리고 늘어지는 것. 그것이 어른의 게으름이지 않을까요?

어디서든 좋은 점을
찾아내는 눈

예전에 친구 하나가 지갑을 잃어버린 적이 있어요. 나도 함께 백방으로 찾으러 다녔으나 저녁까지도 찾지 못했어요. 저는 친구가 짜증을 내거나 화를 낼 줄 알았는데 담담하고 초탈해하는 모습을 보고는 약간 놀랐어요.

"새로 살 때 됐어. 카드는 다시 발급받으면 되고, 안에 현금도 별로 없었거든. 착한 사람이 주웠다면 되돌아오겠지."

달관한 친구의 모습을 보며 나는 어떻게 그렇게 아무렇지 않을 수 있냐고 물었어요.

"울거나 화낸다고 지갑이 되돌아오면 진작에 그랬겠지.

잃어버렸다고 계속 속상해해봤자 내 마음만 힘들잖아?"

　　신기한 친구였어요. 무념무상인 것 같으면서도 열심히 살았고, 그 노력을 결과가 배반하더라도 해탈한 듯한 얼굴을 했어요.

　　열심히 준비한 면접에서 떨어진 날에도 "더 준비해서 다른 곳에 넣지 뭐"라고 말하며 훌훌 털어버렸고, 결혼까지 약속한 연인과 헤어진 날에는 "인연이 아닌가 봐. 더 좋은 사람 만나겠지"라고 말하며 마음에 오래 담아두지 않았어요.

　　확실히 그 친구는 평소에 부정적인 감정을 잘 드러내지 않았어요. 잠깐 드러내더라도 금방 그 감정들을 어딘가로 던져버렸어요.

　　"나쁜 감정에 시달려봤자 나만 괴로워. 내일의 나는 또 다를 테니까."

　　착한 사람 콤플렉스에 걸린 것도 아니고, 타인을 위한 일도 아니었어요. 그저 자신의 마음을 지키기 위한 노력이었지요. 그러다 보니 늘 여유로웠고, 우울한 모습을 별로 보이지 않았던 것 같아요. 그 친구는 괴로운 순간은 과거로 넘겨버리고, 늘 미래에 관한 이야기를 했어요.

살아가다 보면 얻는 것도 많고 잃어버리는 것도 많아요. 사실 얻었을 때의 성취감보다 잃어버렸을 때의 고통이 더 크게 와닿는 것 같아요. 물건마저 그렇죠.

가졌던 것을 잃어버렸다는 상실감과 고통에 집착해 새로운 것을 얻을 기회까지 잃어버리는 경우가 있어요. 세상에는 영원한 것도, 영원히 머무는 것도 없다고 해요. 잃어버리지 않더라도 마음이 떠나면 잊어버리거나 내 손으로 떠나보내듯이, 그것에 집착하느냐 아니냐가 문제인 것 같아요.

"내가 힘든 건 오늘로 끝내야 해. 내일의 나를 위해서. 내일도 오늘과 똑같은 마음을 가진다면 모레도 똑같은 상태일 거야. 그렇게 된다면 더 나아갈 수 없어."

누군가는 친구를 보며 세상 편하게 산다고 말할 수도 있겠지만 나는 결국 원하는 것을 이루고 승승장구하며 살아가는 친구의 모습에서 많은 걸 배웠어요. 친구가 나보다 훨씬 어른 같았고, 그 친구 같은 마음가짐으로 살아가고자 노력했어요. 사소한 것에 하나하나 집착하지 않는 것에서부터 시작했고, 그러다 보니 고통과 우울감이 줄어들고 미래에 대해 더 생각할 수 있는 여유가 생기더라고요.

나보다 어른스럽고 현명한 그 친구 한 명이 내 삶과 미래
를 바꿔준 것 같아요.

인생에 정답이 있을까요?

초등학생일 적, 집 근처에 언덕과 이어지는 계단이 있었어요. 친구들과 가위바위보를 하며 한 칸씩 오르곤 했는데 가위바위보에서 져서 결국 계단을 다 오르지 못했어도 친구들은 내가 걸어 올라오기를 기다려주었어요.

가끔은 두 칸을 껑충 뛰어오르기도 하고, 세 칸씩 뛰어오르려다가 넘어져 무릎이 깨진 적도 있어요. 하지만 나는 여전히 그 계단에 갔어요. 방학 동안에 키가 커서 세 칸씩 뛰는 것도 곧 잘 성공하곤 했지요.

이미 계단 끝에 올라가 보았기에 저 위에 무엇이 있는지 알았어요. 그 높은 계단을 전부 오르는 과정은 힘들었지만 정상에서 내려다보는 건물과 나무는 아주 작아 보였고, 내가 세상 가장 높은 곳에 서 있다는 느낌이 들어 기분이 아주 좋았지요. 풍경은 늘 똑같은 듯하면서도 시시각각 변하고 있었고 공기도, 구름도, 바람도 모두 다 달랐어요.

우리가 살아가는 모습도 계단을 오르는 과정과 비슷하다는 생각이 들어요. 올라가는 것은 고되고 실패, 고독, 자책으로 점철된 과거가 등을 무겁게 짓눌러 한 걸음 떼기도 힘들 때가 종종 찾아오지요.

하지만 지금 내가 서 있는 곳을 한 번쯤 바라보는 시간도 필요해요. 지금까지 얼마나 올라왔는지 뒤돌아보는 시간도요. 어제 한 칸, 오늘 한 칸……. 그렇게 나는 매일 한 칸씩 차근차근 올라오고 있었다는 것을 깨달으면 왠지 모를 뿌듯함이 가슴에 차오를 거예요.

위만 쳐다보고 있으면 고개가 아파요. 까마득하게 남은 길, 올라가야 할 계단 수만 따지고 있으면 힘이 빠지지요. 하지만 지금 이 자리에서 보이는 풍경을 한번 돌아보며 잠깐 숨을 돌리고 힘을 비축하면 내일은 두 칸, 세 칸씩 뛰어오를 수 있게 되기도 해요.

나처럼 실수해서 미끄러져도 괜찮아요. 다시 차근차근 한 칸씩 올라가면 되니까요. 그리고 저 위에서 혹은 옆에서 내가 천천히 올라오기를 기다려주는 친구들이, 그런 다정한 사람들이 주변에 반드시 있기 마련이니까요. 우리는 언제든 다시 힘을 낼 수 있답니다.

어떻게 살 것인가에 대한 해답은 꼭 앞날에만 있는 게 아니에요. 지금도, 과거의 경험에서도 그 해답을 찾을 수 있어요.

아직 올라갈 계단이 많네.

벌써 몇 번째 넘어지는 걸까.
더 나아갈 자신이 없어.

훨씬 옛날에, 네가 더 작았을 때,
나는 여기까지 올라온 것만으로도 행복했어.

네가 거기까지 올라간 게 나는 너무 기쁜걸.

삶은 자꾸 문제를 던진다

삶은 계속해서 우리에게 수많은 문제를 내요. 사소하게는 음식 메뉴에서부터 크게는 학업, 직업, 꿈, 연인, 배우자까지.

사소한 결정도 어려워하는 사람들이 있고, 어느 특정 분야에서만 결정에 어려움을 느끼는 경우도 있어요. 이 세상에는 정보가 너무나 많고, 요즘은 그 정보를 구하기도 쉬워졌지요. 선택의 폭이 헤아릴 수 없을 만큼 넓고 많으니 딱 하나를 결정하기가 어려워요.

대학원에 가서 공부를 계속할까? 취직을 할까?

이직할까? 계속 다닐까?

이 사람과 만날까? 헤어질까?

둘 중 하나를 선택하고 한 가지는 포기해야만 하는 상황에서는 특히 결정을 내리기가 어렵죠. 좋은 기회를 가져올 결정이 무엇인지 잘 모르겠고, 그 수많은 선택지 중 하필 고른 것이 실패라는 결과를 가져오거나 나중에 후회하게 될까 봐 두렵기 때문이에요. 결정의 책임은 오롯이 나에게 있기에 원망의 화살을 스스로에게 돌려 자기 비하로 이어지기도 해요.

세상에 정답은 없어요. 이것이 맞는 길이라고 딱 정해진 것도 없지요. 주변의 말과 정보들은 참고 사항일 뿐 내 인생의 결정권은 자기 자신이 가지고 있어요.

나의 선택을 믿으세요. 과거의 결정을 후회하나요? 하지만 내 마음을 가장 잘 알아주는 것은 나고, 당시 내 마음과 생각이 판단하고 고른 그 선택이 최선이었을 거예요.

항상 만점만 받는 사람은 없어요. 틀린 문제에 관한 오답 노트를 적듯이 우리는 경험을 했고, 오답 노트를 채워왔으니 다음에는 후회할 결정을 할 가능성이 줄어드는 거죠. 내 결정을 확신하되, 어떤 결과가 나오든 후회하지 않았으면 해요. '된다', '안 된다' 두 개의 선택지만 놓고 고민하지 말고 '다시 하면 된다'를 기억하세요.

선택은 정답을 찾는 것이 아니라 최선을 다한 결과를 찾아가는 과정일 뿐이랍니다.

나는 잘하는 것이 없는,
별 볼 일 없는 어른

'나는 잘하는 게 뭘까?'

'왜 나는 안 되는 걸까?'

나만 잘하는 게 없는 것 같고, 나 빼고 다 잘하는 것처럼 느껴진 적 없나요? 1만 시간의 법칙이라는 말을 듣고, 한 분야에 오랜 시간을 쏟으면 다 잘하게 된다고 믿었는데 실상은 그렇지도 않은 것 같아요. 아무리 시간을 쏟아도, 노력을 부어도 좀처럼 나아지는 것 같지 않거든요. 그러다 재능을 가진 사람들을 보며 부러워하고 마음속 깊은 곳에서 괴로움을 느끼기도 해요.

사실 재능은 발견했느냐 발견하지 못했느냐의 차이일 뿐

이에요. 당신은 아직 발견하지 못한 것뿐이죠. 누군가는 5세에, 누군가는 70세에 재능을 발견하기도 해요.

재능이라니, 나와는 상관없는 먼 나라의 이야기처럼 들릴지도 몰라요. 우리는 어른이지만, 세상의 전부를 알지 못하는 데다 살아갈 날도 아주 많이 남아 있어요. 매일, 매 순간 새로운 사실을 발견하거나 몰랐던 정보들을 듣게 되기도 하죠. 가능성과 재능이라는 보물이 어딘가에 묻혀 있을지도 모른다는 뜻이에요.

내가 잘하는 게 무엇인지, 무엇을 해낼 수 있는지는 전부 직접 해봐야 알아요. 실패해도 괜찮아요. 아직 늦지 않았고, 시간은 충분하니까 언젠가는 찾을 수 있어요. 보물을 찾으려면 우선 보물지도부터 갖춰야겠지요.

나는 사실 만화가가 꿈이었답니다. 그런데 몇 년을 그렸음에도 그림을 잘 못 그려요. 그래서 취미 삼아 SNS에 단순한 그림을 그려 올리기 시작했어요. 처음 그림을 올릴 때 사실 엄청 긴장했어요. 비난받을까 봐 두려웠거든요. 하지만 잘 그리지 못한 그림임에도 사람들이 많이 공감해주었어요.

그제야 깨달았어요. 그림을 잘 그리는 것이 내 진정한 목표가 아니었다는 것을. 못난 내 그림도 사랑해주는 사람이 있고, 내가 그린 삐뚤삐뚤하고 못난 캐릭터가 말하는 메시지에 공감하고 위로받는 사람들이 있다는 것을요. 더불어 한계와 두려움에 스스로 갇혀 시도조차 하지 못하고 있었다는 것을요. 한 살이라도 더 어릴 때 무작정 해볼 걸 그랬다고요.

나는 이렇게 내 보물지도를 찾았답니다. 같은 상처를 지닌 사람들과 이야기 나누고 싶다는 진정한 목표를 찾아냈어요. 그리고 간단한 그림으로 시작한 길은 글쓰기라는 또 다른 새로운 길로 저를 이끌었어요.

저는 아직도 제 재능이 무엇인지, 제가 가진 보물이 무엇인지 찾으며 방황하고 있어요. 손에 든 보물지도를 보면서 계속 길을 걷다 보면 무언가를 발견하게 되지 않을까 기대하면서요.

우리는 할 줄 아는 게 없는 것이 아니라, 단지 아직 발견하지 못한 것뿐이랍니다.

차마 포기하지 못하는,
애매한 재능

나는 내가 즐거워하고 자신 있어 하는 분야에서 한 번도 1등을 해본 적이 없어요. 가장 높은 등수를 받은 게 2등이었답니다. 2등도 훌륭한데 나는 전혀 기뻐하지 않았고, 오직 1등에만 가치를 두었어요. 조금만 잘하는 것 같으면 즐거워하고 남들보다 못하는 것 같으면 금방 절망하곤 했죠. 작은 일에도 일희일비하며 하루하루를 보냈어요. 늘 이런 생각을 했던 것 같아요.

'나는 왜 항상 1등은 못 할까.'

그림 그리기와 글쓰기는 그나마 내가 잘하는 일인데, 늦게나마 용기 내 시작한 내 유일한 꿈인데 이것조차 완벽하게 잘해내지 못하니 허탈했죠.

몇 달간 매일매일 글을 써 큰 공모전에 작품을 출품한 적이 있어요. 큰 상은 아니더라도 작은 상 정도는 탈 수 있을 거라 생각했지요. 하지만 본선에서 떨어지고, 추가 당선에서도 제외되고 말았어요. 꽤 허탈했어요. 이 일이 마음속에 큰 상처로 남았어요. 소질이 없는 것 같으니 그만둘까, 라는 생각까지 할 정도였어요. 하지만 차마 놓아지질 않더라고요.

어느 날, 작가분들이 모여 있는 카페에 들어가 글을 읽던 중, 어떤 게시물을 하나 봤어요.

– 5년을 했는데도 안 되는 거면 포기하는 게 맞겠지요?

서로 얼굴을 모름에도 사람들은 정말 따뜻한 반응을 보여주었어요. 진심 어린 위로와 조언 댓글이 많이 달렸는데, 무수한 응원 글 사이에서 눈에 띄는 댓글을 하나 발견했어요.

– 성공을 거둔 한 작가는 10년간 무명이었어요. 언제나 기회는 와요. 다만 그게 언제일지 모른다는 것뿐이죠.

이런 댓글과 함께 다이아몬드 바로 위에까지 땅을 파다가 포기한 사람의 그림을 올려두셨더라고요. 다른 이에게 건네는 위로와 조언이었지만 나까지도 큰 위로를 받은 기분이었어요.

'내가 오만했던 걸까?'

나는 다시 시작했어요. 또 다른 목표를 세우고, 더 열심히 탐구하고 공부하면서 내가 놓쳤던 부분들을 찾았어요. 그 뒤전에 내가 공모전에 냈던 작품을 다시 봤는데 왜 당선되지 않았는지 확연히 이해가 가더라고요. 결과에 수긍하게 된 것이죠. 그 일은 더 이상 내게 상처가 되지 않았고, 나를 괴롭히지 않았어요. 오히려 좋은 경험이 되었고 그때보다 내가 더 자랐다는 사실도 깨달았어요.

"그래, 다시 하자."

내가 그나마 잘하는 분야, 인정받지 못하는 재능. 차마 포기하지도 못해 붙들고 있게 되는 애매한 재능은 우리를 괴롭게하고 고통스럽게 만들지만 이는 달리 생각해보면 우리 안에 숨겨진 가능성이에요.
우리는 세공된 보석이 아닌 원석을 지니고 있는 거죠. 노력해서 깎고 다듬어 이미 세공된 보석보다 더 훌륭한 보석을 만들어낼 수 있어요.

못난 마음이
삶을 망가뜨린다

남들보다 더 갖고는 싶은데, 그러지 못해 심술부려본 적 있나요?

어릴 적에는 내가 하나를 더 가지면 다른 사람이 하나도 못 받는 상황이 벌어질 수 있다는 것을 생각지 못했어요. 어른들은 하나같이 아무런 노력도 하지 않고 욕심만 부리는 건 잘못된 일이라고, 너만 괴로울 뿐이라고 꾸짖곤 했어요.

이미 넘치게 가지고 있음에도 더 욕심이 나는 것은 어쩔 수 없는 인간의 본능인가 봐요. 이런 욕심을 이용해 어른들은 조건을 내걸기도 했어요. 받아쓰기 성적을 잘 받아오면, 집안일을 도우면 보상 차원에서 용돈을 주기도 하고, 칭찬의 말을 건네기도 했지요. 그리고 우리는 노력하면 보상받는다는, 노력의 중요성과 경쟁심을 배워나가요.

하지만 어렸을 때 들은 어른들의 말과 달리 점점 나이를 먹을수록 누군가는 전혀 노력하지 않는 것 같은데도 잘나가는 인생을 살고, 누군가는 별로 힘들이지 않고도 어려운 일을 술술 풀어나가는 것을 보며 불공평한 세상을 확연하게 체감해요.

나는 죽어라 노력하는데, 부모님이 돈이 많아서, 인맥이 튼튼해서, 운이 좋아서 훌쩍 정상에 오른 누군가의 모습을 본다면 허탈감과 열등감에 사로잡히고 말 거예요. 상대적 박탈감을 느끼며 자신감은 떨어지고, 자존감도 바닥을 쳐서 나의 노력은 가치가 없다는 생각마저 들지 몰라요.

나도 그런 열등감에 갇혀 있을 때가 많았어요.

'저 친구는 어떻게 저렇게 그림을 잘 그릴까. 재능을 타고 났나 봐. 저 친구에 비하면 나는 참 재능이 없구나.'

'저 사람의 글은 정말 완벽해. 내 글이 초라해 보여.'

타인이 이룬 성취를 나를 발전시키는 동기부여로 삼기보다는 나 자신을 깎아내리는 도구로 삼기 바빴어요. 이런 마음은 내 인생에 일절 도움이 안 되더라고요. 그냥 열등감 덩어리인 못난 나만 남았어요. 훌륭한 것을 갖고 싶다는 욕심은 사람을 움

직이게 하고, 목표를 갖게 하지만 열등감은 남을 부러워하고, 비교하며 스스로를 끊임없이 괴롭힐 뿐이에요.

"나는 왜 안 될까?"

더 잘하고 싶다는 욕심은 잘못된 것이 아니에요. 다만 다른 사람과 비교하면서 쉽게 가는 편법이나 타인의 희생을 강요하는 잘못된 방법에 눈먼 욕심을 가져서는 안 되겠지요. 다른 사람이 가진 배경만 부러워하며 혹은 그 사람이 이룬 결과만 바라보며 그 사람이 거기까지 가기 위해 애쓴 모든 노력을 깎아내려서도 안 될 거예요.

내가 어떻게 이 자리에 올랐는지는 본인이 가장 잘 알고 있겠지요. 누구보다 쉽게 정상에 오른 이들은 정상으로 가는 길을 몰라요. 내려가게 되더라도 다시 올라가는 방법을 모른다는 뜻이에요. 정상까지 향하는 과정, 그 길에서 볼 수 있는 풍경, 마주치는 난관들을 새로 경험해야겠지요. 낮은 곳에서 차근차근 올라가기보다 위에서 내려왔다 다시 올라가기가 더 힘들고 어려운 법이에요. 장애물, 갈등, 실패, 좌절과 같은 것들에 면역력이 없기 때문이지요.

쉽게 올라간 사람들이 쉽게 무너지듯, 힘들게 노력해 올라간 사람들은 쉽게 무너지지 않아요. 나도 모르는 새 스스로 단단해져 있기 때문이에요.

오랜 시간 노력하고 실패에 절망하지 않은 채 계속 도전해 성공한 사람들은 이미 올라가는 방법을 알기에 실패를 두려워하지 않고, 실패하더라도 다시 하면 된다는 여유를 품고 있을 거예요.

내가 가진 부족함을 열등감의 씨앗으로 삼을 것이 아니라 더 나아질 수 있다는 가능성의 씨앗으로 삼아보면 어떨까요? 어떤 씨앗을 심느냐에 따라 어떤 나무가 자라 어떤 열매를 맺을지가 결정될 테니까요.

근사한 어른이
되고 싶었다

아이일 때 '내 미래는 늘 즐겁고 행복하고 훌륭할 것'이라는 생각에 부풀어 있었어요. 그래서 빨리 어른이 되고 싶었지요.

어린이의 미래는 밝고 활기찼지만, 그 어린이의 미래였던 지금 현실은 실망스럽고 전혀 만족스럽지 않을지도 몰라요. 꿈을 이루어 멋지고 당당하게 살아가는 것이 아니라 꿈과는 전혀 상관없는 일을 하며 살고 있거나 꿈을 이루었음에도 생각처럼 그다지 행복하지 않은 현실에 허무하기도 할 거예요.

어른의 미래는 아이의 미래처럼 찬란하고 설레지만은 않아요. 자의 반 타의 반 선택으로 결정돼온 길이 있고 경험해온 일이 있지요. 그리고 그것이 가능성을, 행동반경을 한정 지어버리곤 해요. 괴로움, 상실, 열등감 같은 부정적인 경험이 잔뜩 쌓여 또다시 그런 일을 겪지 않으려고 몸을 사리게 되지요.

지금까지 살아오면서 세상과 나 자신에게 실망할 때가 많았을 거예요. 꿈꾸지 않는 사람이 되어 속상하고 서글퍼져서 이상과는 동떨어진 현실에 눈을 감고 도망쳐버리고 싶어지기도 하죠. 우물 안 개구리가 우물 속이 세계의 전부라 착각하듯, 작은 일부만 보고 성급하게 나 자신과 앞으로의 미래를 판단해선 안 돼요.

불공평, 차별, 부조리한 현실에 걸려 넘어진 우리를 일으켜주는 것은 아주 사소하고 작은 희망이랍니다. 내일이 온다는 것, 그것은 새로운 기회를 부여받는 것과 마찬가지예요. 미래를 향해 나아가는 과정이고, 우리가 꿈꾸던 미래는 아직 오지 않은 것과 같아요.

'오늘은 불행했어도, 내일은 좋은 하루가 될 거야.'

'누가 이기나 보자.'

아무 소용 없는 오기같이 느껴지더라도 나에게 희망과

용기를 부여하는 말을 되뇌며 더 나아질 미래를 기다려봐요. 어쩌면 우리는 두려움에 실눈을 뜨며 살아가고 있는지도 몰라요. 두 눈을 크게 뜨고 바라보면 사실 전혀 다른 세상이 우리 눈앞에 펼쳐져 있을지 몰라요. 잘 찾아보면 내 인생에도 보석처럼 반짝이는 순간들이 여기저기 흩뿌려져 있을 거예요.

　　아직 우리는 미래를 꿈꾸는 어린아이인걸요.

너무 피곤해.

어릴 적엔 좀 더 근사한 어른이 될 거라 생각했는데.

어른이 되는 과정일 뿐이야.

성공의 경로에서
이탈하셨습니다

어느 날, 친구와 대화하던 중 예전에 같은 학교에 다니던 친구에 관한 소식을 들었어요.

"걔 성공했다더라. 비싼 브랜드 아파트에 살던걸?"
"뭘로 돈 벌었대?"
"자세한 건 몰라."

나는 그 친구가 무엇을 잘해서, 무엇을 열심히 해서 성공했는지 생각하지 않았어요. 멋진 차를 타고, 비싼 시계와 명품을 몸에 두른, 돈 많은 부자 이미지를 떠올렸지요. 아마 나와 대화하던 친구도 그랬을 거예요.

우리는 성공해서 호화로운 삶을 사는 사람들을 보며 어

떤 사업으로 돈을 벌었는지 궁금해해요. 혹은 주식이나 코인 등으로 대박이 났을 거라고 생각하곤 하죠. 그 사람이 어떤 노력을 기울였는지 어떤 고난을 경험했는지에는 관심이 없어요. 그저 운이 좋았을 뿐이라고 성공의 가치를 폄하하는 못난 마음을 먹기 쉽죠.

알고 보니 그 친구는 자신만의 독창적인 아이디어를 가지고 사업을 시작해서 돈을 많이 번 거였어요. 그제야 나는 그 친구가 학창 시절에 잘하던 것을 떠올렸어요. 자신이 좋아하고 잘하는 일을 할 때 그 친구의 모습은 참 행복하고 즐거워 보였어요.

어쩌면 나는 '성공한 어른'이라는 말에서 무엇을 성공의 기준으로 삼는지조차 이해하지 못하고 살아왔는지도 몰라요. 어릴 때는 꿈을 이루면, 돈이 많아지면, 남들에게 사랑받으면, 화려하고 풍요롭게 살면 마냥 행복하기만 할 줄 알았어요. 그리고 그게 '성공'이라고 생각했지요. 하지만 나는 왜 부자가 되어야 하는지, 왜 공부를 하고 뒤처지지 말아야 하는지 영문도 모른 채 '성공'이라는 신기루를 좇아 살아왔는지 몰라요.

우리 지금이라도 성공의 기준부터 잘 생각해봐요. 성공의 기준을 재화와 같이 변하기 쉬운 것에 둔다면 그만큼 내 마음도 흔들리고 무너지기 쉬워질 거예요. 돈을 아무리 많이 번다 해도 재물에 대한 욕심은 끝이 없기에 만족감 역시 오래가지 못해요. 항상 공허함을 느끼게 되지요.

내가 가장 행복하고 성취감을 느낄 수 있는 일, 그것에 가치를 두고 즐겁게 해낸다면 충만한 하루하루를 쌓아갈 수 있을 거예요. 눈앞의 즐거움을 만끽하는 어린아이처럼 순간을 대한다면 '성공'도 자연히 따라오지 않을까요?

무엇을 하든 내가 행복할 것. 그걸 기준으로 삼아보면 어떨까요?

인생에 낭비란 없다

　　초등학생 때 친구가 집에 놀러 온 적이 있어요. 함께 저녁을 먹고 텔레비전을 보기로 했죠.

　　나는 마법 소녀가 나오는 만화영화를 보고 싶었는데 친구는 다른 만화가 보고 싶다고 했어요. 그 만화에는 마법도, 예쁜 드레스를 입은 공주님도 나오지 않기에 보고 싶지 않았지만 친구에게 양보하고 함께 보기 시작했어요.

　　친구와 함께 본 그 만화는 아직까지도 내 인생작으로 꼽히는 작품이에요. 내 삶에도, 꿈에도, 지금 이 순간까지 많은 영향을 끼쳤죠. 우리는 보고 싶은 것만 선택해서 보곤 해요. 영화 장르도, 드라마도, 글이나 그림도 마찬가지죠. 그렇게 볼 생각도 없었던 작품을 우연히 보고 푹 빠져버려서 그 주제와 장르를 좋아하게 된 경우가 있지 않나요? 처음엔 살짝 거부감이 들어도 예상치 못한 그 경험을 통해 내가 좋아하는 것들이 늘어나고 선택의 폭도 넓어질 거예요.

가끔은 내 취향이 아니더라도, 내키지 않더라도, 다른 것을 선택해봤으면 좋겠어요. 세상은 넓고 우리가 경험해보지 못한 건 무궁무진하거든요. 그런 새로운 경험을 통해 내가 잘하는 것을 찾을 수도 있답니다. 그렇게 시야가 넓어지고 또 다른 새로운 선택지가 내 앞에 펼쳐질 수도 있어요.

PART 3

사랑만 있으면
될 줄 알았지

과거의 상처가
지금의 나를 만들었다

다들 이상형이 있나요?

어릴 적에는 연애 상대를 고를 때 외모, 스타일 같은 겉모습에 많은 비중을 두는 것 같아요. 하지만 몇 번의 연애를 거치면서 점점 그 기준이 변해가더라고요.

나 역시 20대 초반에는 그랬어요. 키가 컸으면 좋겠다, 얼굴형이 갸름하고 콧대가 높았으면 좋겠다, 웃는 얼굴이 예뻤으면 좋겠다 등 이상형의 기준이 외모에 치우쳐 있었어요.

막 어른이 되었을 때 시작한 첫 연애는 아주 멋진 사람과 함께였어요. 당시 난 내 연애 또한 드라마나 소설, 영화, 만화 속 주인공들과 같을 거라는 환상에 젖어 있었죠.

하지만 그 사람은 너무나도 오만했고, 나를 함부로 대했어요. 매일 밤마다 연락이 두절되었던 기억이 나요. 나는 첫 연애였던지라 상대를 의심할 생각도 못 했죠. 여자 문제가 많았다는 말도 믿지 않았어요. '다른 사람한텐 어땠을지 몰라도 나한테는 진심이겠지' 착각에 빠져 있었어요. 훗날 그 사람의 실체를 전부 알게 되었을 땐 충격이 이만저만이 아니었어요. 며칠 동안 잠을 자지 못할 정도로 배신감과 자괴감에 괴로워하며 몸부림쳤어요. 내가 너무 어리석게 느껴졌어요.

이런 일을 겪고 나니 내 안에 새로운 기준이 세워지더라고요.

'너무 잘생긴 사람은 싫다.'

'여자 문제가 복잡한 사람은 싫다.'

'나에게 다정한 사람이 좋다.'

그 이후에 만난 사람은 첫 연애 상대와 완전 반대되는 타입이었어요. 일반적인 기준으로 보면 잘생겼다고 말하긴 어려운 외모에 키도 그리 크지 않았어요. 하지만 나에게 한없이 다정했고, 여자 문제도 일으키지 않았죠.

연애 초반에는 모든 걸 다 줄 듯 정말 잘해주었어요. 그런데 시간이 갈수록 점점 무심해지고, 다른 곳에 눈길을 돌리는 모습이 보이더라고요. 게다가 내가 계속 무시당한다는 느낌을 지울 수가 없었어요.

"너는 코 성형만 좀 하면 좋을 것 같아."

"네 직업은 불안정하잖아? 유명한 사람들이나 그렇게 해서 돈 벌지."

내 장점을 읊어대며 입안의 혀처럼 굴던 사람이 이제는 단점과 문제점을 지적하며 자존감을 깎아내리기 시작했어요.
어느 날, 우연히 그 사람이 친구와 주고받은 문자를 보게 되었는데, 정말 허탈하고 어이가 없더라고요.

— 나 얘보다 더 괜찮은 사람 만나고 싶다. 모델 하는 네 친구랑 술자리 좀 만들어봐.

날 무시하고 막 대하는 모습을 보고 주변 지인들은 네가 뭐가 모자라서 그런 취급을 받느냐고, 당장 헤어지라고 말했어요. 당장은 아니었지만 저는 결국 참다 참다 그 사람에게 이별을 고했지요. 상대는 기다렸다는 듯 알겠다고 말하더라고요.

몇 달이 지나 그 사람에게 다시 만나자는 연락이 왔지만 저는 단호하게 끊어버렸답니다.

지금 와 생각해보면 그 사람은 스스로 자기 자신을 낮춰보고 있었던 것 같아요. 잘생기지도 않고 키도 작은 자신의 외모를 못마땅해하며 자신을 미워했던 것 같기도 해요. 자꾸 나를 깎아내리고, 무시하면서 자신의 자존감을 높이려 애썼고, 예쁜 여자들과 어울리면서 능력을 과시하려 했던 것이죠. 자신을 사랑하지 않으니 타인을 제대로 사랑하지 못하고 왜곡된 관계를 맺었던 거예요.

연애는 서로 행복하려고 하는 거예요. 내가 행복하지 않다면 아무 소용이 없죠. 누군가가 싫어서 그와 반대되는 사람을 만나면 또다시 상처받을 가능성이 높아요. '이 사람은 적어도 그런 단점은 없겠지?'가 아니라 '이 사람과 함께할 때 내가 행복할까?'가 선택의 기준이 되어야 하는 것이지요. 나름대로 비싼 수업료를 치르고 깨달은 사실이에요.

지금 내 이상형은 '함께 있어도 내가 나다울 수 있는 사람'이랍니다.

나는 나답게 있을 때가, 내가 한 인간으로 온전히 이해받을 때가 가장 행복하거든요.

지금, 당신의 이상형은 무엇인가요?

예전엔 비가 오면 울적했지만,
지금은 아닌걸.

그렇게 너와 난
우리가 되었지

내가 지극히 평범할지라도, 특출난 것 하나 없더라도 나라는 이유만으로 사랑해주는 사람이 한 명쯤은 있으면 좋겠다는 생각, 해본 적 있나요? 인생을 살다 보면 그런 사람들과 조우할 때가 있어요. 친구, 가족, 연인, 동료 등 누구나 될 수 있지요.

과거, 내가 가장 못났을 시절에 나를 좋아해주던 사람이 있었어요. 그 당시 나는 하루 종일 내 단점을 읊을 수 있을 만큼 자신감이 떨어진 상태였어요. 그럴 때마다 그 사람은 이렇게 이야기해주었어요.

"나는 그 점이 좋아."

그 사람은 나 스스로도 알아차리지 못한 내 특별함과 장점을 발견하고 좋아해주곤 했어요. 사람은 완벽하지 않아서, 각자의 결핍을 가지고 있어서 빈 퍼즐을 맞추듯 내게 없는 조각을 지닌 사람에게 끌리는 것 같아요.

내가 못하는 일을 상대가 대신 해줄 때, 상대가 못하는 일을 내가 대신 해줄 때 일종의 기쁨과 즐거움, 뿌듯함이 느껴졌어요. 나는 쉽게 할 수 있는 일인데, 누군가는 대단하다며 칭찬해주곤 했죠. 반대로 내가 못하는 일을 가뿐히 해내는 사람은 대단해 보이기도 했어요. 그렇게 다름에 끌려 빈틈이 메꿔지고, 서로 맞춰가는 것이 좋았어요.

어쩌면 우리는 부족한 점, 단점을 먼저 알아채는 데 익숙해져 있는지 몰라요.

내게 단점이 있다고 해서 자신감을 잃지 말고, 상대에게 부족한 부분이 보인다고 해서 쉽게 외면하지 말았으면 해요. 자세히 들여다보면 좋은 점이 더 많이 보일 테니까요.

내가 잘하는 것을 상대가 못하더라도, 내가 못하는 것을 상대가 잘할 수 있어요. 내 단점을 상대가 감싸주며 장점으로 승화시킬 수도 있답니다. 그렇게 맞춰가는 거예요.

물론 아무리 노력해도 이해할 수 없고 받아들일 수 없는 부분은 맞춰가는 것이 아니라 고치려고 노력하거나, 노력조차 소용없는 경우 멀어지는 것이 맞겠지요. 무작정 이해해주고 일방적으로 희생해서는 안 돼요. 이런 일방적인 관계는 맞춰주는 한쪽이 더 이상 버티지 못하고 포기하면 쉽게 끊어져 버리고 말거든요.

　　세상에 완벽한 사람은 없어요. 그래서 사람들은 항상 누군가를 필요로 하고, 나에게 부족한 것들을 채우려 인연을 맺으며 살아가요. 내가 가지고 있는 조각과 상대가 가지고 있는 조각을 맞춰 더 크고 아름다운 '우리'라는 그림을 완성해가는 거예요.

　　그렇게 채워지고 이어진 모습, 그게 바로 사랑 아닐까요?

내가 선택했으니
좋은 사람일 수밖에

　　어릴 적엔 친구를 사귀는 데 그렇게 큰 기준을 두지 않았
어요. 조금만 호감을 느껴도 쉽게 다가가곤 했지요.

　　'쟤는 머리를 예쁘게 묶고 와.'

　　'축구를 잘해.'

　　'나에게 사탕을 줬어.'

　　'나와 짝이 되었어.'

　　이런 별것 아닌 사소한 이유로도 금방 마음을 열고 친해

졌어요.

어른이 된 지금, 마음을 나눌 상대를 고르는 데 까탈스러운 기준을 세우게 되었어요. 무턱대고 마음을 열고 가까워졌다가 상처받은 경험도 있고, 그동안 살아오면서 보고 들은 이런저런 지식을 통해 나만의 기준이 확립되었기 때문이죠.

연애 감정을 품은 상대에게는 특히 더 까다로운 조건을 내걸었어요. 재산, 능력, 외모, 성실함……. 좋은 사람에 대한 기준을 어디에 두느냐에 따라 다르겠지만 누구나 나름의 기준선을 가지고 있을 거예요.

하지만 내가 생각하는 조건에 전부 부합하는 사람은 좀처럼 찾기 힘들어요. 어느 부분은 딱 맞지만 늘 어느 한 부분이 맞지 않아 아쉬움이 남곤 하죠.

평소에 생각하던 기준과 전혀 맞지 않는데 이유 없이 마음이 끌리는 사람도 있기 마련이에요. 딱히 뛰어난 것도 없고, 이상형도 아닌데 말이 잘 통하고 함께 있으면 즐거운 그런 사람 말이죠.

좋은 사람의 조건은 따로 없어요. 내가 선택한 사람이 바로 좋은 사람이랍니다. 그 누구도 아닌 나의 마음에 들어온 사람, 무슨 일이 있어도 내 옆에 있어 주는 사람, 나와 손을 잡고 발 맞춰 나아가는 사람. 그런 사람을 만나면 좋은 사람의 조건은 저절로 그 사람에게 맞춰지지 않을까요?

토닥토닥 다독임이
필요한 시간

연애의 시작은 '상대가 신뢰할 수 있을 만한 사람이다'라는 믿음에서 출발해요. 아무리 호감 가는 사람일지라도 신뢰가 가지 않으면 꺼려질 수밖에 없지요.

어렸을 때는 외모, 센스 있는 말투, 세련된 옷차림 등 외적인 모습을 많이 보았다면 어른이 된 뒤에는 내면을 더 많이 생각하게 돼요. 상대가 어떤 사람인지 잘 모르겠다는 불확실성은 불안을 야기하거든요. 신뢰가 없는 상대에게 내 모든 걸 걸기에 우리가 떠안아야 할 리스크가 너무 크기 때문이에요.

그래서 우리는 관계에서 믿음을 중요시 여겨요. 연인 사이에서 싸움이 일어나는 이유는 꽤 많아요. 그중 '신뢰'라는 요소가 문제를 일으키는 경우가 아주 흔하죠. 당연히 신뢰를 잃는 행동을 한다면 그 사람과는 이별하는 게 맞아요. 하지만 아이러니하게도 신뢰에 집착해 도리어 의심을 키우고 이별하게 되는 경우도 있어요.

'내가 안심할 수 있게 믿음을 보여줘.'

딱히 의심 살 만한 행동을 하지 않았음에도 아주 사소한 변화에 불안해하고 전전긍긍해하고 있지 않나요? 신뢰를 강화한다는 명목으로 의심할 만한 거리를 찾아다니고 있진 않나요?
마음의 여유가 없고, 나 자신과 스스로의 선택에 확신이 없을 때 불안이 거대하게 자라나면 그럴 수 있어요. 당신이 못난 것이 아니라 누구나 그럴 때가 있답니다.

하지만 막연한 의심과 두려움은 '슬프고 비극적인 일이 일어날 것'이라는 주문을 매일 외우는 것과 같아요. 말이 씨가 된다는 말도 있듯이 무의식적으로 불행을 끌어당기고 있는 것이지요.

이별하고 싶지 않아서, 상대를 너무 좋아해서 불안해졌고, 오히려 이런 불안이 이별을 불러냈다면 그만큼 서글픈 일이 있을까요? 함께하는 순간순간이 너무나도 소중한데, 아직 일어나지 않은 일로 불안해하고 스트레스받으며 상대방과 자기 자신을 너무 괴롭히지 말아요. 서로가 지치고 아플 뿐이니까요.

상대방의 입장보다, 두 사람의 관계보다 나 자신의 마음만 앞세우는 행동을 일단 멈춰보세요. 좋았던 추억을 생각해내고, 그 사람의 긍정적인 면을 떠올려 불안감에 휩싸인 내 마음을 들여다보고 토닥토닥 다독여주세요. 그런 시간도 필요해요.

지금, 사랑한다고 말하기

아이들은 감정 표현이 참 풍부해요. "사랑해요"라는 말도 자주 하지요. 우리도 어릴 적에는 가까운 사람들에게 아낌없이 애정 표현을 했을 거예요. 그렇게 상대에게 기쁨을 주고 사랑을 받으며, 애정을 나누고 표현하는 법을 배워왔겠죠.

그런데 왜인지 어른이 될수록 가까운 사람에게 애정을 표현하는 데 인색해져요. 어릴 때는 부모님께 버릇처럼 사랑한다고 말했는데 이제는 특별한 날이 아니면 좀처럼 사랑한다는 말이 나오지 않더라고요.

연인 사이에서도 마찬가지예요. 연애 초반에는 사랑한다는 말도 자주 하고 애정이 담긴 스킨십도 자주 해요. 하지만 함께하는 시간이 오래되고 장기 연애에 접어들수록 애정 표현이 줄어들어요.

분명 마음은 더 깊어졌을 텐데, 함께한 시간과 추억이 무수히 쌓이면서 무엇과도 바꿀 수 없는 소중한 사람이 되었을 텐데, 우리는 왜 나와 가장 가까운 사람들에게 마음을 표현하는 걸 이렇게 어려워하는 걸까요?

익숙해졌다고 해서 그것이 영원할 거라고 착각하면 안 돼요. 사랑한다고 표현하지 않아도, 신경 쓰거나 굳이 기념일을 챙기지 않아도 상대를 잃지 않을 것이라는 생각이 마음을 무뎌지게 만들어요. 말하지 않아도 당연히 알고 있을 거라 지레짐작하며 상대가 어떤 서운함을 쌓아가는지 눈치채지 못해요.

사람의 손길이 닿지 않는 방에는 금방 먼지가 쌓이고, 관리하지 않는 물건은 금방 망가져 버리듯 마음 역시 그래요. 결국 다시는 볼 수 없게 되었을 때, 당신은 오랜 시간 방치되어 켜켜이 먼지를 뒤집어쓴 상대의 마음을 뒤늦게 발견하고 후회할 수밖에 없겠지요.

지나고 나서 더 표현할 걸 후회하지 말고, 내가 못나게 굴

때도, 무너졌을 때도 묵묵히 곁을 지켜주는 사람들을 당연하게 여기지 말고, 감사한 마음을 가득 담아 아낌없이 사랑을 표현해 보는 건 어떨까요?

　사람이든 관계든 영원하지 않기 때문에, 바로 그 이유 때문에 소중한 거랍니다.

사랑해요.

ʌ̈ ʌ̈ ʌ̈ ʌ̈

어른도 사랑받고 싶을 때
울고 떼쓰고 화를 낸다

사람은 누구나 사랑받고 싶어 해요. 우리는 아마 아주 어릴 때부터 불안해했을 거예요. 내 세상의 전부인 사람들에게 사랑받고 싶어서 관심받기 위해 노력했을 거구요. 어릴 때는 울고 떼쓰는 것으로 의사를 표현했어요. 슬프다고 울고 아프다고 울고, 나랑 놀아달라 떼쓰고 사랑을 달라 졸라댔죠.

그러면 많은 게 이루어졌어요. 우는 나를 달래주고, 놀아주고, 원하는 것을 안겨주었어요.

어른이 된 뒤로는 울고 떼쓰고 화내는 경우가 줄어들었어요. 더욱 효과적이고 합리적이고 어른스러운 의사 표현 방법을 익혀왔기 때문이죠. 어른이 자신의 마음대로 되지 않는다며 울고 떼쓰는 모습을 보면 보통은 이렇게 말해요.

"다 큰 어른이 왜 저래?"

"왜 저렇게 어린애처럼 굴며 우는 거야?"

하지만 어른이 된 지금도 목 놓아 엉엉 울고, 막무가내로 떼쓰고 싶은 순간이 자주 찾아와요. 어른이 되어도 어떻게 해야 할지 모르는 일 천지거든요. 어른이 되었어도 여전히 사랑받고 싶고 늘 사랑하는 사람과 함께 있고 싶거든요. 그렇지 않나요?

상대가 당신에게 화를 내고 우는 이유는 사랑받고 싶고 관심받고 싶다는 말의 다른 표현이에요. 어른이 되었지만 우리 안에는 아직 어린아이가 남아 있거든요. 아이처럼 울고 있는 상대를 당신 안에도 남아 있는 아이의 마음으로 마주해보는 건 어떨까요?

"뭐가 그렇게 서운했어? 나도 사실 서운했는데, 같이 말해볼까?"

"우리 이제 싸우지 말고 사이좋게 지내자."

이 과정에서 정말 철없는 아이들처럼 울고불고 치사한

말을 뱉으면서 싸움을 키우거나 유치한 말싸움을 벌일지도 모르지만 그렇게라도 애써 어른스러워 보이려고 차마 말하지 못했던 마음들을 전부 꺼내놓고 아이처럼 순수하게 표현하며 이해할 수 있다면 좋겠어요.

나만 좋아하는 것 같단 말이야!

맞아. 나는 너만 좋아해.

내가 너무 애처럼 굴었구나.

을의 연애 탈출기

　　관계에서 주도권을 쥔 쪽은 대부분 마음을 덜 주는 쪽이었어요. 관계를 이어나갈지 끝낼지 결정권을 가진 그 사람은 이 관계가 끝나더라도 별로 아쉽지 않았어요. 그러니 이런 관계가 오래갈 리 없었죠.

　　나는 상대가 없으면 안 될 것 같고, 그 사람이 인생의 전부같이 느껴지는 데 반해 상대방이 가진 마음의 무게는 나와 똑같지 않았어요. 내가 없어도 상관없는 사람, 나만 놓으면 끝나는 관계. 상대는 내가 없어도 아쉽지 않으니 우리 관계를 소홀히 대하고 마음대로 굴곤 했죠. 더 사랑하는 사람만 상처받기 마련이에요.

그렇게 갑과 을이 나뉘고 관계는 수직적인 형태로 변하게 돼요.

을에 속한 사람은 둘 사이를 다시 수평적인 관계로 되돌려놓으려고, 자신이 준 만큼이라도 사랑받고 싶어 상대에게 더욱더 잘해주기도 하고 화를 내보기도 하지만 "됐어, 헤어지자" 이 한마디에 그동안의 노력은 전부 헛수고가 되어버리죠.

당신은 상대를 배려하고, 나보다 상대를 더 생각하는데 그 사람은 아니에요. 자신이 제일 중요하고, 당신의 자존감을 짓밟으면서 자신의 자존감과 우월감을 점점 높여나가죠.

상대가 아예 당신을 사랑하지 않는다면 당신은 매달릴 필요조차 없을 거예요. 그렇죠?

그 사람이 적선하듯 최소한의 애정만을 주며 애매한 태도를 고수하니 희망고문처럼 아주 작은 가능성만을 보고 애쓰게 되는 거예요.

하지만 관계는 언제든 역전될 수 있답니다. 그 사람을 향한 마음이 작아지다 못해 사라져버렸을 때, 너무 지치고 지쳐서 당신이 손을 놓아버렸을 때.

상대는 당신이 고하는 이별을 작은 반항이라 생각해 하찮게 여기고 코웃음을 치겠죠.

'흥, 너 따위가?'

'그래봤자 며칠 후에 다시 매달리겠지.'

이렇게 의기양양하게 굴며 먼저 연락하거나 매달리지 않을 거예요. 그는 자신이 당신보다 더 우월하다고 생각하거든요. 이미 갑이라는 역할이 굳어진 상황에서 만일 당신이 다시 매달리거나 연락하면 수직적인 이 관계는 완전히 굳어버릴 거예요.

하지만 일주일, 한 달, 두 달의 시간이 흐르고 갑이었던 사람은 점점 이상함을 느낄 거예요. 당신은 정말 끝을 냈지만 사실 그 사람은 아니거든요. 아직 당신이 자신에게서 벗어나지 못했다고 착각하고 있을 거예요. 당신이 한 이별 통보는 그저 반항이고, 언젠가 다시 연락해올 거라 확신하고 있었을 테죠. 여봐란 듯이 다른 애인을 사귈 수도 있어요.

당신이 완전히 마음을 정리하고 뒤도 돌아보지 않게 되었을 때, 그때 상대에게서 연락이 와요. 이제야 '나를 진정으로 사랑해주는 사람을 잃었다'는 사실을 깨닫고 아쉬움을 느끼는 거예요.

상대의 이별은 그제야 시작돼요. 당신이 겪었던 아픔, 시련, 괴로움을 그대로 겪게 될 거예요. 마음이 약해져 받아주는 경우도 있겠지만, 다시 당신이 을로 돌아가지 않으려면 이별 기간의 모습을 계속 유지해야만 해요. 냉담하고, 무심하게 언제든 헤어져도 아쉽지 않다는 모습.

그렇게 당신은 갑이 될 수 있어요. 상대가 그랬듯이 마음대로 굴고, 자존감을 짓밟으며 마음껏 상처 주고 매달리게 만드는 거예요.

하지만 이 관계 역시 언제 역전될지 몰라요. 서로 우위를 점하려는 치열한 싸움이나 마찬가지인 관계가 과연 즐거울까요?

희생하고, 잘해준다고 해서 나를 깔보고 오만하게 구는 사람에게 머리를 쓰고, 마음을 감춰가며 사랑받으려 노력할 필요가 있을까요?

마음을 여과 없이 드러내고, 마음껏 사랑하더라도 나를 하찮게 여기지 않는 사람. 그런 사람이 진정한 내 사람이 아닐까요? 평등한 관계를 유지하며 상대보다 더 주고, 더 받더라도 서로를 무시하거나 상대가 마음 써주는 배려를 당연하다고 여기지 않는 것이 좋겠지요.

우리는 이런 진정한 사랑을 찾기 위해 연애도 하고, 이별도 하는 것 아닐까요?

흥. 그래봤자 얼마 안 가 연락 오겠지.

이상하네. 왜 연락 안 오지?

내가 잘못했어.

마음의 속도를
맞춰주세요

  너무 좋아한 사람이 있었어요. 마음이 하루하루 커져가 우리가 서로 사귀었을 때는 사랑이 되어 있었어요. 나는 이미 사랑이었지만 그 사람은 아직 나를 알아가는 과정이었어요. 내 고백을 시작으로 호감을 가지고 천천히 나아가고 있었지요.

  감정의 출발과 속도는 각자 달랐지만 나는 그것을 잘 알지 못했어요. 그저 성급한 마음에 보채기만 했죠.

  "내 감정은 이만큼 앞서가고 있는데 너는 왜 아직도 거기 머물고 있어?"

  억울하기도 하고 화가 나기도 했어요. 그 사람은 빠른 내 걸음에 맞춰려 노력했지만 계속되는 재촉에 결국 지쳤다고 말했어요.

"네가 나를 사랑해주는 만큼 나는 널 사랑해주지 못할 것 같아. 미안해."

앞서가는 나의 일방적인 감정이 죄책감을 불러일으키고 부담스럽다며 이별을 고해왔어요. 결국 종착역에 먼저 도착해버린 사람은 그였죠. 오히려 나는 뒤처져서, 연인일 때 그가 그러했듯 한참 뒤에 머무르고 있었어요. 결국 원치 않는 끝을 향해 홀로 천천히 걸어가야 했죠. 그제야 깨달았어요. 그 사람은 나와 함께 천천히, 느긋하게 나아가고 싶어 했다는 것을.

이런 인디언 속담이 있어요. "빨리 가려거든 혼자 가고, 멀리 가려거든 함께 가라. 빨리 가려거든 직선으로 가고, 멀리 가려거든 곡선으로 가라. 외나무가 되려거든 혼자 서고, 푸른 숲이 되려거든 함께 서라."

상대와 마음을 나누고 사랑을 확인하고 무럭무럭 신뢰와 정을 쌓아가는 것은 참 중요한 일이에요. 우리는 가끔 아이처럼 성급하게 굴며 빠르게 상대의 마음을 얻고 싶어 하죠.

내 마음은 벌써 이렇게 크고 깊어졌는데 상대는 그렇지

않은 것 같아 조급해지고 불안해지기도 해요. 반대로 내 마음을 너무 늦게 깨닫는 경우도 있지 않나요? 사랑을 받아들일 만한 삶의 여유가 없었거나 힘든 일이 생겨 다른 생각을 할 수 없었거나 같은 다양한 이유가 있었겠지요.

재촉하지 않고 묵묵히 기다려주던 상대가 결국 지쳐서 떠난 후 그제야 후회한 적도 있었을 거예요.

사람마다 마음의 문을 열어주는 시간이 다르듯, 내 마음과 상대의 마음은 크기가 다를 수도, 나아가는 속도가 다를 수도 있어요. 재촉하거나 하염없이 기다리기만 하면 서로가 지칠 수밖에 없겠죠. 힘에 부쳐서 헉헉대며 걸어오는 사람에게 뛰어오라고 강요하는 것은 오지 않는 상대를 막연히 기다리는 것과 같답니다. 아직은 때가 아니겠지 생각하며 차분히 기다려줄 줄도, 상대가 너무 기다리지 않게 발걸음을 서두를 줄도 알아야 해요.

사랑은 타이밍이라는 말이 있지만, 시간은 맞출 수 있어요. 만나기 전에 어긋나지 않도록 약속을 정하는 것처럼요.

'천천히 와도 괜찮아, 기다릴게.'

'조금만 기다려주면 금방 갈게.'

사랑하니까 불안해

우리는 가끔 상대가 나를 사랑하는 이유를 궁금해해요. 부족할 것 없는 잘난 사람이 내게 호감을 표하면 두렵기까지 하죠. 그래서 상대에게 이유를 물어요.

"나를 왜 좋아해?"

호기심 많은 어린아이처럼 어떤 대답을 들어도 물음표가 붙겠지요. 사랑을 무어라 정의 내리기는 어렵거든요. 그래서 끊임없이 어떤 방식으로든 사랑을 확인받고 싶어 해요.

"왜?"

우리는 사랑하는 상대에게서 나의 장점과 존재 가치를 확인받고 싶어 하는 걸지도 몰라요. 사람은 평생 인정받고 싶어 하고 자신의 존재 가치에 관해 끝없이 질문하며 살아가거든요.

태도의 변화, 표정, 연락 횟수에 일희일비하며 그런 사소한 것들에서 나를 사랑하지 않는 이유를 찾아내 혼자 상처받고 있지 않았나요? 불안함이 흘러넘쳐 상대의 마음을 확인하지 않으면 견디지 못하겠는 순간, 그래서 헤어지자든지, 나를 사랑하지 않는 것 같다는 등의 부정적인 말을 하며 오히려 싸움의 원인을 제공하는 순간도 있어요.

마음속에 상대가 나를 사랑할 리 없다는 전제와 불안을 담아두는 것은 관계를 망치는 지름길이에요. 사소한 것에서 불행을 느끼는 건 쉽지만 행복을 찾아내는 것은 어렵지요.

사랑에 있어 신뢰는 중요한 게 맞아요. 상대가 당신에게 신뢰를 주려 노력함에도 받아들이지 못하고 계속 불안해하며 사랑을 증명하기만을 요구한다면 그 관계는 더 나아갈 수 없겠죠.

다만, 이런 일도 있어요. 아이러니하게도 신뢰를 주지 않고 이기적이게만 굴고 당신의 노력을 당연하게 여기는 상대임에도 당신에게 주는 사소한 애정 한 조각에 목을 매 아직 나를 사랑하니까 괜찮다는 희망을 갖기도 해요.

아홉 번 잘해주다 한 번 서운하게 하면 크게 상처받는 것, 아홉 번 못해주다 한 번 잘해주면 사랑받는다며 안도하는 것. 이런 상태라면 누구를 만나도 상처받고 괴로운 사랑을 하게 돼요. 이건 내가 내린 선택에 확신이 없고, 나 자신을 믿지 못하기에 눈에 보이지 않는 상대의 생각과 선택을 더 중요하게 여기면서 생겨나는 불안이에요.

우선 나의 선택을 믿어야 하고, 그 선택에 후회하지 않는다는 마음을 가져야 해요.

당신 탓이 아니에요

'나는 늘 존중받지 못하는 을의 연애를 해.'

만나는 사람마다 나를 존중해주고 배려해주지 않는다고 느끼나요? 물론 처음에는 아니었겠죠. 초반에 보여주었던 그 모습만을 떠올리며 부당한 이해와 합리화의 범주를 점점 넓혀가고, 그 사람 위주로 살아가게 된 나의 모습을 발견한 적 있나요?

책이나 사람들이 하는 많은 조언 속에서 자존감에 관한 이야기를 자주 들어봤을 거예요.

'자신감과 자존감이 낮으면 불행한 연애를 한다.'

'자기 확신이 없으면 이용당하거나 상처받기 쉽다.'

솔직히 말하면 나를 존중해주지 않고 상처 주는 사람이 문제인데 어째서 내 마음에 관해 이야기하는 걸까요?

어쩌면 그 글을 보며 '역시 내 문제였구나' 공감했을지도 몰라요. '내가 그 사람을 그렇게 행동하도록 만들었구나' 자책하고 '나는 자존감이 낮은 사람이야' 확신하며 자신에 대해 부정적이고 자기 연민적인 생각을 가졌을지도 몰라요.

관계에서 오는 갈등을 전부 나만의 문제로 돌리고 자책하지 말았으면 해요. 관계를 유지하기 위해 최선을 다하고, 존중해주고 배려해주었음에도 오히려 상대에게 상처 주는 사람이 잘못이죠. 사랑은 아낌없이 주는 것이라 배워왔기에 우리는 그런 사람과의 만남에서 어떻게 행동해야 할지 몰랐던 거예요.

당신은 이기적인 면까지 감싸줄 만큼 그 사람을 참 좋아했고, 너무나 사랑해서 헤어지고 싶지 않았을 뿐이에요. 그 마음은 절대 바보 같지 않아요. 어린아이처럼 순수하고 예뻐요. 하필 상대가 이기심 넘치는 제멋대로인 어른이었을 뿐이지요.

누군가에게 크게 잘못하고 상처 준 후회는 평생 가는 법이에요. 잊고 살다가도 어떠한 형태로든 과거의 못난 자신을 데려와 마주하게 하죠.

긴 후회 속에서 괴로워할 사람은 고마움을 모르고 당신의 친절과 호의를 당연시 여기며 이기적으로 군 그 사람일 뿐이에요. 훗날 당신이 모든 것을 잊고 정말 행복하게 잘 살아가고 있을 때, 아마 그 사람은 당신을 그리워하며 뼈저리게 후회할지도 몰라요. 냉정하고 단호한 세상에서 내 잘못을 감싸주고 너그럽게 대해주는 사람은 자주 나타나는 게 아니거든요.

난 아무 잘못 안 했어.

내 탓이야!
나는 바보 멍청이야!

이기적인 내가
다 잘못했어.

좋아하는 마음이 더 커서,
상처받는 면적도 컸던 것 같아.

이별에는 여러 가지
모양이 있다

이별의 괴로움, 고통, 상실감은 이루 말할 수 없이 크죠. 자괴감도 친구처럼 함께 찾아오고 심하면 내일이 오지 않았으면 좋겠다는 생각까지도 들 거예요.

"누구나 겪는 일이야."

"시간 지나면 괜찮아져."

이런 위로의 말이 다 맞긴 하지만 이별로 괴로워하는 당사자에게는 귀에 들어오지 않아요.

우리는 이미 알고 있거든요. 시간이 지나면 괜찮아진다는 것도, 누구나 겪는 흔한 일이라는 것도.

하지만 괜찮아질 때까지 버티기가 힘들뿐더러 남들도 겪는 일이라고 해서 내 괴로움이 줄어드는 것은 아니에요. 잘 알고 있어도, 몇 번을 겪어도 아픈 건 똑같아요. 그렇지 않나요?

이별에는 여러 가지 모양이 있어요. 내 잘못으로 이별했을 때는 후회, 참고 견디던 나에게 결국 상대가 이별을 말했을 때는 분노와 억울함이 생기겠지요. 오랜 연애로 권태기가 와 헤어지게 되었을 땐 그 사람과 보낸 모든 시간이 무의미해진 것 같아 허탈함이 들기도 할 거예요.

이 외에도 많은 이별이 있고, 무수히 많은 감정이 부유하며 우리를 아프게 하고 슬프게 할 거예요. 잃어버린 것에 대한 슬픔을 이겨내는 방법은 각자 다르니 "이렇게 하면 슬픔을 극복할 수 있어요"라고 정답을 제시할 수는 없지만 이별에 맞설 용기와 힘을 얻기 위해선 해야 할 것이 있어요.

어떤 상황에서도 나 자신을 잃어버리지 마세요. 관계에서 비롯된 불행을 모두 내 탓으로 돌리고 자책하지도 말았으면 해요. 인생은 당신의 선택이 쌓여 이루어진 것이고, 당신이 어떤 선택을 하느냐에 따라 변화하기 마련이지만, 나쁜 결과가 나타났다고 해서 지나치게 괴로워할 필요는 없어요. 시간이 흐른 뒤

돌아보면 그때 그렇게나 큰 괴로움을 안겨줬던 선택이 결국은 좋은 결과를 가져왔다고 깨닫는 경우가 꽤 많거든요.

마음의 행복은 자신을 돌보는 사람만이 가질 수 있는 것이랍니다. 몸이 아프면 치료하고 휴식을 주듯, 우리의 마음에게도 그래야 해요. 이 시기를 잘 견디면, 당신의 눈에서 눈물이 마를 때쯤 당신을 사랑해주는 사람을 또다시 만나게 될 거예요.

당장의 이별이 쓰라리고 아파서 그 어떤 말도 들리지 않겠지만, 훗날 깨닫게 되는 것이 있어요. 반복된 실패 속에서 우리는 항상 가치 있는 무언가를 얻는다는 사실을요.

더는 내 눈에서 눈물 나게 하지 않는 사람을 발견하는 눈을 가질 것이고, 상대에게 이기적으로 굴지 않는 배려심을 배울 것이며, 반대로 주관을 잃고 끌려다니지 않을 현명함을 기를 것이고, 원색적인 비난과 싸움 대신 설득과 대화로 문제를 해결하는 지혜로운 목소리를 얻게 될 거예요.

반드시, 그렇게 될 테니까, 우리 조금만 더 힘을 내봐요.

사랑과 희생을
혼동하지 말 것

"사랑하니까 이해해."

"가끔 밉지만, 사랑하니까 괜찮아."

"나는 정말 괜찮아. 이해할게."

이렇게 말해본 경험이 종종 있을 거예요. 하지만 이런 이해가 정말 이해일까요? 저렇게 말하면서도 아무렇지 않은 척한 적이 더 많을 거예요.

사실은 사랑이 끝날까 봐 두려운 게 진짜 이유겠지요.

'사랑하니까, 이 관계를 끝내고 싶지 않으니까 내가 아파

도 참을게.'

이게 솔직한 심정일 거예요.

괜찮다고 말해왔던 수많은 순간 중 정말 괜찮았던 적이 몇 번일까 세어본다면, 사실 얼마 되지 않는다는 것을 알 수 있죠. 우리는 마음에 상처를 내고, 곪아가는 그 상처를 참아내는 것을 '이해'라 여기며 내 마음마저 속인 채 살아가요. 속으로는 아프다고 울면서 모르는 척 외면하기도 하죠.

흔히 이해의 반대말은 오해라고 하죠. 상대방도 사실 속으로는 자신이 잘못했다는 걸 알고 있어요. 아마 처음에는 괜찮다는 당신의 말에 "미안해. 다음부터는 안 그럴게"라고 말하며 미안해했을지도 몰라요. 하지만 같은 상황이 반복돼도 늘 괜찮다는 말을 들으면 정말 괜찮은 거라고 오해하게 돼요.

'다른 사람에게는 그러면 안 되지만 이 사람에겐 이래도 괜찮겠지? 얘는 착하고, 나를 사랑하니까.'

그 사람은 점점 아무렇지 않게 자신을 합리화하며 당신에게 상처 주게 될 거예요. 그렇게 당신은 상처받아도 괜찮은 사람이 되어버리는 거죠. 이런 상황이 반복되면 당신까지 상처받는 역할에 익숙해져 버릴 거예요.

이해는 서로의 마음을 헤아리는 것이지, 상대방이나 나 자신에게 강요하는 것이 아니에요. 상대에게 상처받는 것보다 관계의 끝에서 오는 상처와 괴로움을 더 두려워하고, 피하고 싶어 하기 때문에 '희생'을 '이해'라는 말로 합리화하며 넘어가곤 해요.

사실 이별은 두려운 일이긴 하지요. 이 사람과 쌓아온 시간이, 만들어온 세상이 전부라서 이 사람이 사라진다면 내 삶은 곧 끝장날 것만 같겠죠. 사랑을 지키지 못했다, 나는 사랑에 실패했다, 라는 사실을 받아들이기 어려워 끝까지 버티려 애쓰기도 할 거예요.

하지만 이것만은 기억하세요. 내가 정말 바라는 것, 내가 진심으로 받아들일 수 없는 것을 솔직히 말하지 못하는 사이는 건강한 관계라고 할 수 없다는 것을요. 상처 난 곳을 찾아내어 환한 햇빛 아래 드러내면, 그래서 그곳에 소독약을 뿌리고 연고를 바르면 상처가 깊어져 온몸을 아프게 하기 전에 치료할 수 있어요.

희생과 사랑을 혼동해서는 안 돼요.

일방적인 이해가 계속될수록
내 마음이 점점 사라져가.

그 사람, 만나지 마세요

주변에서 반대하는 연애를 해본 적 있나요?

저는 주변 사람들이 극구 말리는 연애를 해본 적도 있고, 반대로 제가 적극적으로 말려본 적도 있어요. 객관적으로 두 사람을 바라보며 이성적으로 판단할 수 있는 제삼자의 입장에서는 이 관계의 문제가 또렷이 보이기 때문에, 내가 사랑하는 사람이 그 문제의 소용돌이 속에서 빠져나오길 바라기 때문에 잔소리도 하고, 참견도 하는 것이겠지요.

하지만 아무리 말려도 지금 사랑을 하고 있는 사람은 듣지 않아요.

"그 사람이 널 무시한다며. 그건 정말 아니야, 헤어져."
"그렇긴 하지만, 그래도 그것만 빼곤 다 좋은걸……."

생각해보면 주변에서 내 연애를 반대한 가장 큰 이유는 내가 그 사람을 나쁘게 말하고 욕을 했기 때문이었어요. 그 사람에 대한 선입견과 편견이 없는 사람들에게 내가 먼저 나쁜 이미지를 심어주고, 그 사람 때문에 힘들다고 말하니 나를 아끼는 사람들은 당연히 이 연애를 반대할 수밖에요.

이렇게 힘들 때마다, 연인과 갈등이 생길 때마다 주변 사람에게 털어놓고 괴로워하면서도 헤어지지 않고 계속 만나는 모습을 보면 내 이야기를 잘 들어주던 사람들도 결국은 체념하고 포기하게 되더라고요.

"내 말은 듣지도 않을 거면서 뭐 하러 물어봐. 그냥 너 하고 싶은 대로 해."

심하면 지친 친구들이 나에게서 멀어지기도 했어요.

그래서 언제부턴가 나는 연애 상대에 대한 험담을 하지 않게 되었어요. 완전히 헤어질 것처럼 험담을 쏟아내다가도 이내 행복한 듯 다시 만나니 겸연쩍고 머쓱하더라고요.

내가 사랑하는 사람들 사이의 관계를 틀어지게 만들고 있다는 사실도 깨달았어요.

물론 거짓말을 밥 먹듯 하거나 폭력적이거나 금전적인 문제를 일으키는 사람을 만난다면 주변 사람들과 상의하고 뜯어말리는 친구의 말을 들어야겠죠. 하지만 그렇지 않을 땐, 사랑이라는 감정이 살아 있을 땐 남 앞에서 내 연인을 욕하고 깎아내리진 않았으면 해요.

　이 연애가 맞는 건지, 틀린 건지는 스스로 판단할 수 있어요. 그리고 이 연애를 이어가고 싶은지, 끝내고 싶은지는 나 자신만이 알고 있지요.

　'지금이 바로 이별의 순간이다'라는 느낌이 올 거예요. 그러니 너무 주변에 기대지 말고 내 사랑을, 판단을 조금 더 믿어 봐요.

그동안 안 헤어지고
무얼 했느냐.

천년의
사랑

외로움에 속지 않기를

이별 후, 가장 크게 느끼는 감정은 허전함과 외로움이겠지요. 잘했든 못했든 늘 함께하던 사람이 사라져버렸으니까요.

여러 가지 복잡한 감정과 혼란이 뒤엉켜 괴롭고, 혼자가 된 내 모습을 견디기 어렵겠지요. 외로움에 못 이겨 상대를 찾아가거나 다시 전화하기도 했을 거예요. 상대가 나에게 정말 잘못해서 헤어진 경우에도 마찬가지예요.

'힘들더라도 그냥 계속 만날걸.'

'나에게 상처를 주더라도 곁에 있는 게 더 나은 것 같아.'

이렇게 생각하며 슬퍼하고 후회하기도 했겠죠. 이상하게도 나에게 돌이킬 수 없는 상처를 준 사람이 내 눈앞에서 사라진 후에 그와 함께한 좋은 기억들이 자꾸 떠올라 슬픔과 후회를 더 짙게 만들어요.

그 사람이 가진 무수한 단점보다는 얼마 없는 장점을 떠올리며 오히려 만났을 때가 더 좋았다고 착각하게 되죠. 내가 선언한 이별은 성급했고 충동적이었다는 생각이 들기도 할 거예요. 지금 내가 겪고 있는 이별의 외로움과 슬픔이 과거에 느꼈던 아픔들을 묻어버릴 정도로 강하기 때문이랍니다.

지금은 아프겠지만 나중에는 '내가 그딴 인간을 왜 만났지?', '정말 헤어지길 잘했어' 하는 생각이 분명히 들 거예요.

나에게 못된 짓을 한 사람에 대한 기억과 그리움은 그렇게 길지 않아요. 누군가를 정말로 사랑하면 어떻게 행동하는지 알고 있기에 이미 당신도 눈치채고 있었을 거예요. 그 사람이 당신을 사랑하지 않았다는 것을. 단지 그 사람을 사랑하는 당신의 마음이 눈을 가리고 있었을 뿐이라는 것을.

처음에는 밝은 빛이 눈을 찔러 아프고 적응하기 어려울 테죠. 익숙한 어둠을 찾아 들어가고 싶을 거예요. 하지만 곧 내가 환하게 빛나는 세상 속에 서 있다는 걸 깨닫게 돼요. 혹시 당신도 지금 이런 상황에 놓여 있는 것 아닐까요?

내게 정말 최선을 다했고, 마음을 다해 잘해주었지만 내가 그만큼 잘해주지 못해서 헤어진 사람. 고마움과 미안함 때문에 오히려 그런 사람이 마음에 오래 남아요. 바람을 피우고, 욕하고, 폭력적인 행동을 하는 등 선을 넘은 사람은 시간이 지날수록 지우고 싶은 기억이 되고, 그 사람을 사랑했던 시간들조차 아깝다는 생각이 들지요.

이별을 말하기까지 당신은 충분히 심사숙고했을 거예요. 당신의 마음이 더는 그 사람을 버티지 못했던 거예요.

당신은 그 상황에서 최선의 선택을 한 거죠. 당장 눈앞에 보이는 외로움에 속아 그렇게나 고통스러웠던 과거를 잊고 나를 깎아내리고 상처 입히는 사람과 다시 엮이지 않도록 노력해야 해요. 내 마음을 괴롭히고 아프게 하는 관계를 끊어낼 수 있는 용기와 결단력이 필요하죠. 우리는 가치 있는 존재고, 그 누구도 상처 입힐 권리는 없어요.

관계를 망친 것은
나였다

언젠가 연인과 사소한 일로 싸우던 중, 몹시 흥분해서 나도 모르게 상처 주는 말을 한 적이 있어요. 그 사람과 헤어질 생각도, 인연을 끊을 생각도 없었지만, 순간 그 사람에게 상처 주고 싶다는 마음에, 내가 상처 입은 만큼 너도 당해봐라, 싶은 마음에 모진 말을 하고 말았지요. 하지만 이런 내 생각과는 달리, 화가 나서 뱉은 말 한마디에 그 사람은 나와 더 이상 연인 관계를 이어가지 않겠다고 선언했어요.

결국 제가 진심이 아니었다며 사과해서 화해하긴 했지만 그 말을 뱉기 전으로 관계를 되돌릴 수는 없더라고요. 우리 사이는 예전 같지 않았고, 결국엔 이별을 맞이해 인연이 끊어져 버렸어요.

이처럼 화를 주체하지 못해 심한 말을 내뱉고 폭언을 해 원치 않는 이별을 한 적이 몇 번 있어요. 분노에 휩싸여 앞뒤 가리지 않고 말을 뱉어내고, 상대가 상처받거나 약해지는 모습을 보이면 순간 승리감 같은 감정을 느끼기도 했어요. 하지만 시간이 흘러 화가 가라앉은 뒤 뒤돌아보면 엄청난 후회가 몰려오더라고요.

그 이후로 사과를 하더라도 관계를 돌이킬 수 없다는 사실을 깨닫고 아무리 화가 나도 신중하게 말해야겠다고 다짐했어요.

말이 주는 상처가 얼마나 깊고 오래가는지, 어른이 되고 관계 맺는 사람이 늘어날수록 점점 더 절실히 깨달아요.

상대에게 화를 내고 날 선 말을 하고 싶을 때, 잠깐 숨을 돌리고 지금 내가 하려는 말이 두 사람의 관계에 어떤 영향을 미칠지 생각해봤으면 해요. 이 말이 가져올 결과를 내가 정말 바라고 있는지도요.

그냥 헤어져! 나는 너 싫어!

진심이 아니었는데…….

PART 4

일희일비가 취미인
어른들의 이야기

매일 보지만
보이지 않는 풍경

어느 날 퇴근하고 집에 돌아와 텔레비전을 보고 있는데 친구가 메신저로 사진을 보내왔어요. 주황색과 하늘색이 섞여 띠를 이룬, 보랏빛이 나는 예쁜 노을이었어요.

— 오늘 노을 봤니? 너무 예쁘더라.

고개를 돌려 창밖을 바라봤지만 세상은 이미 캄캄한 어둠에 휩싸여 있었어요. 지친 하루를 보내고 땅만 바라보며 터덜터덜 집으로 돌아오느라 그 예쁜 노을을 보지 못했다는 사실을 깨달았어요. 매일 해 질 녘이면 볼 수 있고, 누구나 마음만 먹으면 감상할 수 있는 노을임에도 누군가는 그냥 스쳐 지나가고, 누군가는 매일의 노을을 새롭게 바라보며 그 속에서 행복을 찾아내요. 그 친구는 사소한 것에서 즐거움을 잘 찾을 뿐 아니라 자신이 느낀 행복을 주변 사람에게 잘 나눠주기도 하는 사람이었어요.

강아지 모양의 구름, 하트 모양 나뭇잎을 발견하곤 기쁨을 느끼고, 무지개를 보는 날이면 뛸 듯이 기뻐했지요. 그 친구는 거기서 멈추지 않고 특이한 나뭇잎을 찾으면 책 사이에 꽂아두거나 사진들을 모아 SNS에 올리고 친구들에게 보내주며 끊임없이 소소한 행복을 만들어냈어요.

밝은 햇빛이 온 세상을 비출 때도 그늘은 생기듯이 아무리 명랑한 사람일지라도 마음에 그늘 하나쯤은 가지고 있답니다. 아침이지만 내 마음은 한밤중일 수 있고, 창밖에 펼쳐진 맑은 하늘도 비구름이 잔뜩 낀 흐린 날씨 같은 마음으로 바라보면 아무런 감흥 없는 그저 그런 하늘일 뿐이지요. 하루 종일 비가 내리더라도 도로 바닥을 적시는 비 냄새, 창문을 타고 흐르는 빗방울의 모습, 빗속 도시 풍경을 아름답다 여기면 아름다워 보이는 것 아닐까요? 생각과 마음은 주관적이고, 이것이 어떤 그림을 그리느냐는 오롯이 자기 자신에게 달렸어요.

힘들고 지친 날에는 잠시 멈춰 서서 주변을 둘러보세요. 매일 마주치는 일상이라 여겨 무심하게 지나쳤던 것들을 어른이 아닌 호기심 어린 아이의 시각으로. 그렇게 아주 쉽고 소소한 행복을 찾아내기로 결심해보는 건 어떨까요?

예를 들어 하늘에 뜬 뭉게구름을 발견하면 '저 뭉게구름처럼 몽실몽실한 휘핑크림을 잔뜩 올려 달콤한 핫초코를 마셔야지' 결심해보는 거예요.

늘 오가던 횡단보도를 건널 때는 '오늘은 하얀 부분만 밟고 지나가야지. 성공하면 즐거운 일이 생길 거야' 혼자만의 게임을 시작해볼 수도 있겠죠.

이렇게 눈앞에 보이는 풍경을 넘어 앞으로 다가올 일상에서도 어떤 기쁨을 찾아낼 수 있을지 고민해보는 거예요.

'봄에는 딸기를 먹고, 벚꽃이 흩날리는 거리를 걸어볼 거야. 여름에는 꼭 바다를 보러 가서 맨발로 모래를 밟아야지. 가을에는 예쁘게 물든 낙엽을 하나 주워 내가 좋아하는 책에 꽂아두고, 겨울에는 눈사람을 만들어 줄줄이 세워둬야겠다.'

이런 소소한 행복을 잔뜩 생각해내 머릿속에 가득 찬 걱정거리를 멀리 떠내려 보내는 것도 좋은 방법 아닐까요?

봄 – 딸기 뷔페 가기

여름 – 냉면 맛집 가기

가을 – 캠핑 가서 고기 구워 먹기

겨울 – 집에서 군고구마 구워 먹기

1년이라는 시간 동안 꼭 대단한 것을 이룰 필요는 없어.

어른 노릇 하기,
참 어렵다

온종일 일에 치여 힘겨운 날, 어른이라는 책임감이 참을 수 없이 버겁게 느껴지는 날, 가끔 이런 생각 한 적 없나요?

'아무런 걱정 없던 어린 시절로 돌아가고 싶다.'

지금도 그렇고, 자주 그렇게 생각하지만 곰곰이 떠올려보면 사실 어릴 때도 상처받고, 나름대로 아이다운 근심 걱정에 빠져 살았던 기억이 나요.

"친구가 나만 생일파티에 초대를 안 하면 어떡하지?"

"친구와 싸워서 속상해."

"받아쓰기 시험을 망쳐서 혼날까 봐 무서워."

"곧 개학이 다가오는데 숙제를 하나도 안 해서 불안해."

어른이 되고 난 후에는 '그땐 그런 별것 아닌 일로 세상이 무너진 것처럼 호들갑을 떨었었지' 하고 담담하게 떠올리곤 해요. 하지만 어른으로 자라오면서 어느 하나 별것 아닌 일은 없었던 것 같아요.

당시에는 무척이나 힘들고 서글펐지만 계속 앞으로 나아가다 보니 흐려지고 무뎌졌던 거지요. 오랫동안 고통을 주며 아로새겨지는 깊은 상처도 있기 마련이지만 우리는 시간이라는 자연스러운 흐름에 떠밀려 그것을 점점 망각하며 상처를 회복하고 다시 살아가요.

필요 없는 걱정을 걸러내고, 마음에 굳은살이 박여 단단해지는 과정이었죠. 나쁜 일을 미리 살짝 겪어 더 큰 불행을 막는다는 '액땜'이라는 말이 있잖아요? 좋지 않은 일이 생길 때마다 "얼마나 좋은 일이 생기려고?"라고 말하며 스스로를 위안하기도 하죠.

지금 겪는 시련도 지나가게 되어 있어요. 당장은 이런 말이 와닿지 않을 거예요. '지금 힘들어 죽겠는데 지나간 후가 다 무슨 소용이야?' 생각하겠죠. 하지만 시련이 지나간 후 불행 따위는 잊어버릴 커다란 행복이 다음 차례를 기다리고 있다는 것을 잊지 말았으면 해요.

숨 막히는 어떤 날

아침에 일어나 출근을 하고, 집으로 돌아와 잠드는 하루. 똑같은 매일을 보내다 보면 지루하고 갑갑할 때가 있어요.

'아, 여행 가고 싶다!'

코끝을 간질이는 시원한 바람, 잎사귀가 스치는 소리, 따사로운 햇빛이 내리쬐는 맑은 날씨 속에 있다 보면 저절로 드는 생각이에요. 어디로 갈까? 상상만 해도 어딘가 마음이 간질간질하고 설레기도 해요. 하지만 대부분 생각에 그치거나 그나마 인터넷으로 여행 계획, 숙소, 관광지 등을 찾아보는 선에서 끝나곤 하죠.

아주 예전에, 마음이 너무 힘든 날이 있었어요. 평소와 다름없는 하루였지만 이 장소에서, 이 자리에 앉아 있는 것 자체가 힘겨울 정도였어요. 너무 답답해서 점심시간에 건물 옥상에 올라가 가만히 익숙한 도심 풍경을 바라봤어요. 높은 회색 건물과 정체된 차들, 분주하게 오가는 사람들. 나도 저 중 하나에 속해 있는, 마치 기계의 부품 같다는 생각이 들었지요. 이 안에서 벗어나고 싶은 마음이 간절했어요.

곧바로 상사를 찾아가 휴가를 쓰겠다고 말했어요. 몹시 충동적이었죠.

그 길로 회사를 나와 버스를 타고 한 시간 거리에 있는 바다로 향했어요. 구체적인 계획은 하나도 없었죠. 바다에 도착한 후 해변으로 가 모래사장을 밟아보고 바다를 구경하기도 했어요. 그렇게 발 닿는 데로 무작정 걷고, 배가 고프면 근처 맛집을 검색해서 찾아가 밥을 먹었어요. 오래된 문방구가 보이길래 초등학생 때 자주 먹었던 불량식품과 슬러시도 사 먹었답니다.

골목 사이사이를 탐험하듯 돌아다니며 담쟁이가 늘어진 담벼락, 대문 앞에 놓인 꽃 화분을 우두커니 서서 감상하기도 하고 커다란 느티나무 아래에 놓인 정자에서 쉬며 귀여운 강아지와 시간을 보내기도 했어요. 내가 사는 곳과 딱히 다를 바 없었지만 어쩐지 위로받는 것만 같은 특별한 느낌이 들더라고요. 어느새 마음을 괴롭히던 근심들도 조금씩 옅어졌어요. 이 낯설고 한적한 장소를 마음껏 느끼다 보니 해가 지고 하늘에 별이 하나 둘 떠올랐어요.

집으로 돌아가기 위해 터미널에 갔는데, 매표원이 버스가 끊겼다고 하더라고요. 생각지도 못한 일이었죠. 하지만 별로 당황하진 않았어요. 어차피 계획 없이 떠나온 여행이었으니 상황에 따라 움직일 생각이었거든요. 이틀 휴가를 내기도 했고, 오히려 하루 더 이곳을 구경할 수 있겠다 싶어 설레기까지 했어요.

그렇게 편의점에서 맥주와 안줏거리를 사서 주변에 보이는 숙소 중 아무 데나 찾아 들어갔어요. 마침 평일이라 마음씨 좋은 사장님께서 바다가 보이는 방으로 무료 업그레이드를 해주는 행운을 누리기도 했답니다. 밤바다가 보이는 고요한 방에 앉아 과자와 맥주를 먹었어요. 멀찍이 등대 불빛이 보였고, 열어둔 창문 사이로 시원한 바람이 불어와 기분이 좋았어요. 버스가 끊기지 않았다면 이런 행복도 누릴 수 없었겠죠.

삶도 그런 것 같아요. 구체적인 계획을 세우고 목적을 향해 나아가지만 가끔은 충동적으로 행동할 때가 있고, 생각지도 못한 일이 닥쳐오기도 해요. 하지만 이런 의외성이 오히려 내 삶을 더 좋은 방향으로 이끌 수 있어요.

그러니 변화를 무조건 겁내거나 두려워하지 말고, 변화하고 싶다는 깊은 충동을 억누르며 살지 않았으면 해요.

훌쩍 떠나고 싶은 날엔 떠나도 좋아요. 내 삶 곳곳에 숨겨진 보석은 찾겠다고 마음먹은 순간 보이기 시작하거든요.

당연한 것들을 우연한
마음으로 마주했을 때
아름다워 보일 때가 있어.

ᴗᴗᴗᴗ

이리저리 흔들리는
팔랑귀로 사는 일

내가 어릴 적, 빵 속에 들어 있는 캐릭터 스티커를 모으는 것이 한창 유행이었어요. 희귀한 스티커를 뽑으려고 용돈을 탕진하곤 했죠. 흔한 스티커가 나오면 아무리 귀여운 캐릭터일지라도 가치를 느끼지 못했어요. 자주 나오지 않는 스티커라면 캐릭터가 울퉁불퉁 못생겨도 개의치 않고 몹시 기뻐했죠. 반 친구들이 관심을 갖고 부러워했거든요. 희귀한 캐릭터 스티커를 자랑하고 싶어 빵을 얼마나 많이 먹었던지.

어느새 아이들도, 나도 맛있는 빵보다는 스티커를 얻겠다는 목적으로 빵을 사기 시작했어요. 빵을 여러 개 사서 스티커만 모으고 정작 빵은 버리는 아이들도 있었지요. 스티커를 다양하게 많이 가지고 있는 친구는 일약 스타가 된 것처럼 많은 관심을 받았어요.

시간이 흐르면서 스티커 모으기의 인기는 시들시들해져 갔고, 유행이 옮겨가면서 정말 희귀한 캐릭터 스티커가 나왔다는 소식에도 아이들은 예전처럼 열광적으로 반응하지 않았지요. 이전처럼 빵을 사 먹지도 않았어요. 결국 예쁘게 꾸며놓았던 스티커북은 구석에 처박혔고, 들여다보지도 않게 되었어요. 어느샌가 사라져버렸지만 없어진 줄도 모를 정도로요.

이렇게 유행이 시들해졌음에도 한 친구는 스티커를 계속 모았어요. 그걸 왜 아직도 모으냐고 놀리는 아이들도 있었지만, 그 친구는 스티커를 종류별로 전부 모으겠다는 자신만의 목표가 확실히 서 있었던 것 같아요.

대부분은 남들이 다 하니까, 친구들에게 부러움 섞인 시선을 받고 싶으니까, 주목받고 싶으니까, 빵도 먹을 겸 겸사겸사 샀었던 것이죠.

어른이 된 후에도 나는 남들에게 보여줄 수 있는 가치에 치중하고 집착했던 것 같아요.

지금 생각해보면 남들이 가치 있다 여기는 것을 내가 갖고 있다는 사실에 뿌듯해하고, 사람들이 보는 내 모습을 더 중시했던 것이죠. 그러니 만족이 있을 리 없었어요. 어떤 물건이든 손에 넣더라도 금방 시들해지고, 만족감은 얼마 가지 않았어요. 또

다시 새로운 것을 사서 남들에게 보여주어야 한다는 강박에 사로잡혔죠.

　　프리랜서로 전향한 후, 사람들과 부딪히고 교류하는 일이 줄어들면서 외출하는 빈도가 낮아지니 새 옷을 사도 입지 않고 옷장 구석에 처박아두거나 포장도 뜯지 않고 내버려 두는 일이 생기기 시작했어요.

　　남들에게 보여줄 일이 없어지니까 자연스레 과시하고 싶다는 욕심이 사라졌어요. 마음은 항상 공허하고 허무했지요. 남에게 보여주기 위함이 아닌, 진정으로 나를 기쁘게 하는 가치 있는 것이 무엇인지 알지 못했기 때문이에요.

　　점점 사람들의 시선이나 평가에 얽매이지 않게 된 후 나는 변해갔어요. 조금 더 행복해졌고, 조금 더 중심이 생긴 느낌이 들더라고요. 오롯이 나 자신을 위한 만족과 가치가 중요해졌기 때문이지요.

　　식탁에 놓아둘 예쁜 꽃, 앙증맞은 강아지 옷, 귀여운 머그컵 같은 소소한 가치에도 행복해지기 시작했어요. 밥을 먹을 때마다 꽃을 보면 좋았고, 귀여운 옷을 입은 강아지가 사랑스러웠고, 좋아하는 머그컵에 물을 따라 마시면 행복했어요.

"겉모습이 중요한 것이 아니라 마음이 중요하다." 이 말은 누구나 들어봤을 거예요. 내 마음이 행복하지 않으면 아무리 겉모습을 화려하게 꾸며도 즐거움은 거울을 보는 순간 잠시일 뿐, 아무런 소용이 없다는 걸 이제야 비로소 깨달은 것이지요.

결혼은 내가 알아서 할게요

"너는 만나는 사람 없니? 나이가 몇인데 아직도 결혼을 안 해."

"더 나이 들면 애 낳기도 힘들어. 한 살이라도 어릴 때 결혼해야지."

어느 정도 나이가 들어 이른바 결혼 적령기에 이르자 이런 말을 심심치 않게 들어왔어요. 나 대신 살아줄 것도 아니고, 나 대신 애를 낳아줄 것도 아니면서 왜 이렇게 무책임한 말들을 쏟아내는지 이해가 가지 않아 화가 나더라고요.

'내 미래는 내가 알아서 고민할 테니까 당신은 당신 미래나 신경 써!'라고 소리치고 싶은 걸 꾹꾹 참은 게 한두 번이 아니에요.

어릴 때는 나도 결혼에 대한 환상이 있었어요. 내가 사랑하고 나를 사랑해주는 사람을 만나 알콩달콩 재미나게 살고 싶다고 생각했지요. 매일 아침 함께 눈을 떠서 오붓하게 모닝커피를 마시고, 같이 장을 보러 가고, 손잡고 동네를 산책하고, 가볍게 맥주를 마시며 영화를 보고, 주말에는 가까운 곳으로 드라이브를 가고……

이런 달콤한 환상에 젖어 누군가를 만날 때마다 그 사람과의 결혼을 꿈꾸곤 했어요. 결혼하는 주변 친구들을 보며 그 환상은 더욱 커져만 갔지요. 새하얀 웨딩드레스를 입고 이 세상에서 가장 행복한 웃음을 짓고 있는 친구의 모습이 그렇게 아름다워 보일 수가 없었어요.

그런데 시간이 지나면서 이런 환상에 조금씩 금이 가기 시작했어요. 결혼 생활을 힘들어하는 친구들의 모습을 보게 된 것이죠. 시댁과 갈등을 겪는 친구, 육아와 직장 생활을 병행하느라 녹초가 되어버린 친구, 결혼 후 확 달라진 배우자의 태도에 실망해 불화를 겪는 친구 등 결혼은 결코 행복하기만 한 게 아니더라고요.

그래서 오히려 지금은 결혼이라는 것이 너무나도 멀어 보이고 나와는 전혀 상관없는 일 같다는 생각이 들어요. 게다가 내 삶에 집중하고 있는 지금 이 순간이 너무 좋은지라 결혼을 하지 않거나 지금보다 더 늦게 해도 괜찮다고 생각하고 있어요.

결혼 적령기, 그 나이대엔 이래야 한다는 인식과 시선에 떠밀려 급하게 결혼하긴 싫거든요. 오히려 남들에게 등 떠밀려 일찍 결혼했다면 내가 하고 싶은 일도 못 하고, 내 꿈을 이루지도 못 했을 것이라는 생각이 들어요.

하고 싶으면 하고,
하기 싫으면 안 하는 거예요.
어른의 선택이니까요.
남들과 비슷한 시기에 하지 않는다고 해서 문제 될 건 없어요.

어릴 때는 조언을 가장한 주변의 참견에 휘둘릴 때가 많았어요.
남의 말대로 하다 후회한 적도 많았죠.
오히려 내가 선택했다 실패할 경우 후회가 적어요.

어른이 되어서 좋은 점 하나.

바로 내 마음대로 할 수 있다는 것.

결혼은 내가 알아서 할게요.

독립 전엔 로망,
독립 후엔 현실

다들 독립에 대한 로망을 갖고 있지 않나요? 혼자 살면 다 내 마음대로 할 수 있고, 늦게 들어와도 가족들 눈치 보지 않아도 되니 얼마나 편할까! 이런 생각 갖고 있는 분들 많을 거예요. 나도 그랬답니다.

지금은 독립한 지 8년이 지나 프로 독립러가 되었지만 독립하기 전에는 내가 얻을 장점만 생각하며 꿈에 부풀어 있었지요.

고양이를 키울 수 있어.

통금도 없고 자유로울 거야.

나만의 공간이 생기잖아? 나 혼자 하고 싶은 대로 하며 살아야지.

하지만 막상 독립하고 나자 무수한 단점들이 온몸으로 느껴지기 시작했어요. 끼니는 거르기 일쑤고 월세에, 생활비에 생각보다 지출이 많아 돈을 모으기가 굉장히 어려웠어요. 가끔은 밤에 이상한 사람이 문을 두드리곤 해 공포에 질리기도 했지요.

　　퇴근 후 아무도 없는 텅 빈 집에 돌아오면 너무나 고독했어요. 내 집 없는 서러움도, 매년 이삿짐을 쌌다 풀었다 하는 생활도 고역이었죠. 게다가 다시 아이로 돌아간 것처럼 부모님이 너무 보고 싶었어요. 힘들거나 몸이 아플 때면 그리움은 더욱 깊어졌죠. 자유를 얻기 위해 치러야 하는 대가는 그만큼 컸어요.

　　우리 부모님은 나보다 훨씬 어린 나이에 독립을 하셨어요. 아빠는 독립 후 자리를 잡기 위해 단칸방에서 라면만 먹고 지내다가 위염을 앓아 오래 고생을 하셨어요. 그런 경험이 있기에 내가 독립한다고 했을 때 극구 말리셨지요. 월세살이를 전전하며 내 집 없는 설움을 뼈저리게 느낀 엄마도 마찬가지였어요.

　　좁은 집에서 복작복작 부대끼며 살다가 이제야 겨우 여유롭게 지낼 수 있는 넓은 둥지를 지었는데 자식들이 다 커서 떠나가 버리면 부모님 입장에선 허무하고 서운하실 것 같다는 생각이 들어 미안하고 서글퍼지기까지 하더라고요.

　　힘든 일도 많았고, 그걸 혼자서 헤쳐 나가려니 몸 고생, 마음고생 많이 했지만 독립한 것을 후회하지는 않아요. 온전히 나만의 공간에서 내 살림을 꾸려나가다 보니 무언가를 선택하고 결정하는 데 자신감이 붙기도 했고, 전보다 책임감이 강해지고, 더 열심히 살아야겠다는 동기부여도 되었거든요. 멀리 떨어져 지내다 보니 가족의 소중함을 알게 되었고, 일상에서 누리던 것들이 절대 당연하지 않다는 것을 깨달았어요. 그동안 부모님이 얼마나 고생하셨을지가 생생하게 느껴져 미안하고 감사한 마음이 동시에 들었어요. 자취를 시작하고 시간이 흐를수록 부모님과의 사이는 더 각별해졌고, 전화나 문자를 통해 함께 살 때보다 대화를 더 많이 하게 되었어요. 엄마는 늘 내게 말씀하셨어요.

"힘들면 다시 돌아와도 괜찮아."

그 말 한마디가 독립해서도 꿋꿋이 살아갈 수 있는 힘이 되었던 것 같아요. 아이러니하게도 독립해서 살아가며 깨달은 건, '세상에 완전한 독립은 없다'라는 것이에요. 나 혼자 살아가는 것 같아도 한 사람의 삶은 무수히 많은 사람의 도움과 지지 속에서 지탱되고 있답니다.

어쩌면 독립은 홀로 섬으로 인해 내가 얼마나 면밀하게 타인과 연결되어 있는지를 느낄 수 있는 방법이 아닐까 싶어요.

우리가 상상하는 독립

엄마가 상상하는 우리의 독립

사랑에 익숙해지지 말 것

어린아이였을 때의 나는 할머니, 할아버지, 엄마, 아빠, 가족 외의 많은 지인들과 영원히 함께하는 줄 알았어요. 사람뿐만 아니라 상황도 늘 변함없이 그대로 이어지는 줄만 알았지요.

아주 어릴 때, 멀리 살아 자주 뵙지 못하던 작은할머니께서 우리 집에 놀러 오신 적이 있어요. 이유는 기억나지 않지만 나는 작은할머니가 너무 좋았어요. 함께 바다에 나가 손을 잡고 해변을 걸었고, 식사 때마다 작은할머니 옆에 앉겠다고 우겨 할머니와 나란히 앉아 밥을 먹었지요.

사람도, 상황도 영원할 거라 믿었던 당시의 나는 작은할머니가 그대로 평생 우리 집에서 함께 사는 줄 알았어요. 그런데 며칠 후 이제 집으로 돌아가신다는 거 아니겠어요? 나는 할머니랑 헤어지기 싫어서 엉엉 울었어요.

"다음에 또 보면 되잖아?"

작은할머니는 이렇게 말씀하시곤 웃으며 떠나셨어요. 그리고 얼마 지나지 않아 이제 다시는 작은할머니를 만나지 못한다는 말을 들었어요. 나는 그 말을 이해하지 못했어요. 엄마에게 작은할머니 만나러 가자며 떼를 썼지만 안 된다고 혼만 날 뿐이었지요.

시간이 흐르면서 작은할머니에 대한 기억은 희미해져 갔지만, 점점 나이를 먹으며 문득 작은할머니가 돌아가셨다는 사실을 깨닫고 슬픔을 느끼곤 했어요.

어른이 될수록 점점 더 많은 이별을 경험하게 되었어요. 친할머니가 돌아가시고, 나를 예뻐해주었던 친척들이 떠나는 것을 보며 사람들이 내 곁에 영원히 머무는 게 아니라는 사실도 깨달았어요.

그리고 죽음이라는, 존재의 소멸과 함께 찾아오는 이별

이 아닌, 어쩔 수 없이 떠나야 하는 상황 때문에 혹은 서서히 식어간 마음 때문에 관계가 끝나는 이별이 무엇인지도 알아갔어요. 이런 이별은 가족보다는 타인들과의 관계에서 자주 경험했지요.

　　오히려 내가 관계를 망쳐버려 상대가 먼저 떠난 경우도 있었지요. 우리는 사랑이란 감정을 소중히 여기면서도 가까이 있다는 이유로, 익숙하다는 이유로, 나의 일상에 들어왔다는 이유로 종종 그 사랑의 소중함을 잊고, 당연시 여기며 살아가요. 그러다 불현듯, 다시는 볼 수 없는 상황이 닥쳐오면 그때야 후회하고 상실감에 괴로워해요. 이런 어리석은 행동을 반복하며 살아가죠.

　　세상에 당연한 일은 없어요. 나에게 잘해주는 사람, 나를 사랑해주는 사람 모두 마찬가지죠. 그런 호의와 사랑 역시 당연한 게 아니랍니다. 우리는 세상 모든 것과 이별해요. 지금 당장 옆에 있는 사람과도 언제 이별할지 모르는 게 삶이에요. 그러니 내 곁에 머물며 인생의 소중한 시간과 더 소중한 마음을 나누어주는 인연에게 늘 감사하고, 나 또한 그들에게 잘하려고 최선을 다해 노력해야 해요.

할머니가 보고 싶어요.

내가 지금
행복하지 않은 이유

이 일을 해서 성공한다면 행복하겠지.

그것이 이루어진다면 행복할 거야.

그 목표를 달성하면 행복해질 거야.

행복에 전제와 조건을 붙이지 말아요. 무언가를 이룰 때까지 나는 행복하지 않을 것이라는 생각은 오히려 바라는 바와 멀어지는 길이랍니다. 나는 할 수 있다는 긍정적인 마음을 품고, 목표를 이루어가는 과정 자체를 행복으로 여기고 그 일을 즐기다 보면 결과적으로 그러한 마음이 원하는 것을 이루게 해줄 거예요.

이 일을 하는 게 행복하니까 성공할 거야.

행복하게 살다 보면 그것은 이루어질 거야.

나는 행복한 사람이고, 그 목표를 달성할 수 있어.

이 일로 성공한다면 행복하겠지.

그것이 이루어진다면 행복할 거야.

그 목표를 달성하면 행복해질 거야.

이 일을 하는 게 행복하니까 성공할 거야.
행복하게 살다 보면 그것은 이루어질 거야.
나는 행복한 사람이고, 그 목표를 달성할 수 있어.

미루기와 고통의
상관관계

나는 학습지 푸는 것을 너무너무 싫어하는 아이였어요. 놀고만 싶고, 책상 앞에 가만히 앉아 있는 게 일종의 고통이었지요. 그래서 어느 날은 숙제를 하지 않고 미루고 미루다 그냥 모르는 척해버린 적이 있어요. 그날은 하루 종일 마음이 불안하고 괴로웠어요. 학습지 선생님이 오시면 엄마한테 말할 테고, 그러면 나는 혼이 나겠지. 놀면서도 즐겁지가 않고 짜증만 났어요. 숙제를 하는 것도 아니고 제대로 놀지도 못하는 상태로 하루를 보냈어요.

그리고 결국엔 선생님과 엄마께 혼이 나고 다시 학습지를 풀어야만 했어요. 하지 않은 숙제와 새로운 숙제, 이렇게 숙제가 두 배가 되어버렸죠. 생각해보면 나는 학습지 푸는 그 한 시간의 고통을 피하고자 온종일 괴로워하다가 결국엔 두 배로 고통을 껴안아 버린 거였어요.

　　우리는 고통스러운 문제와 마주했을 때 그 문제를 그대로 마음속에 놔둔 채 외면해버리곤 해요. 이는 내 앞에 제시된 문제를 풀지 않고 그냥 지나가는 것과 같아요.
　　모른 척해버린 그 문제는 목에 가시처럼 걸려 계속 나를 괴롭히고, 결국엔 다시 돌아가 그 문제를 풀어야 하지요.

　　마음속 고통이 지속된다면 우리는 점점 불행에 잡아먹히고 조종당해 내 존재 자체를 불행이라 여기는 지경에 이르게 될 거예요.
　　고통과 불안을 없애는 가장 좋은 방법은 그것과 마주하는 거예요. 하기 싫은 일일수록, 쳐다보기 싫은 일일수록 우선순위에 두고 빨리 해치워버리는 거죠. 미루고 미루면서 하루를 전전긍긍하며 보낼 것이냐, 지금 한 시간 동안 해치우고 나머지 시간을 홀가분하게 보낼 것이냐. 선택은 자신의 몫이겠지요.
　　나는 미루면 미룰수록 불안과 고통이 늘어날 뿐이라는 걸 깨달은 뒤부턴 '하기 싫은 일 먼저!' 습관을 들였답니다.

우정이라는 이름의
빨간약

함께 있을 때 내가 나다울 수 있는 친구, 나의 슬픔이나 불행을 약점으로 삼지 않는 친구. 여러분에게는 이런 친구가 있나요?

내가 힘든 일을 털어놓았을 때 그것을 안줏거리로 삼아 여기저기 퍼뜨리고 다니는 친구, 그러면서 우월감을 느끼고 즐거워한 친구가 있었던 반면 진심으로 위로해주고 나를 위해 울어주던 친구도 있었어요.

언젠가 사람 때문에 마음에 정말 큰 상처를 입었을 때 도저히 견딜 수가 없어 친한 친구에게 그 사실을 털어놓은 적이 있어요. 사정을 이야기하는데 쉴 새 없이 눈물이 흘러내렸죠. 그 친구는 곧바로 내 손을 잡고 나와 나를 차에 태우고 어딘가로 향했어요. 운전을 하면서 나에게 상처 준 사람을 욕하던 그 친구는 결국 울음을 터뜨리고 말았어요. 보조석에 앉아 있던 나는 나 대신 울어주는 친구를 보며 함께 울었어요. 우리는 차 안에서 펑펑 울었지요.

그때 입은 그 상처는 평생 지워지지 않는 흉터로 남을 거라고 생각했지만, 내 손을 잡아주던 친구의 따뜻한 손, 바닷가에서 함께 먹었던 컵라면과 같은 상냥한 추억으로 대체되어 지금은 웃으며 말할 수 있을 정도가 되었어요. 트라우마처럼 남은 그때의 기억이 가끔 날카롭게 날을 세워 나를 덮쳐오더라도 친구가 손 내밀어주던 모습을 떠올리면 금방 빠져나올 수 있었어요.

고독한 탑에 갇힌 나를 그 친구가 구해주었듯이, 나도 그 친구가 힘들 때 의지할 수 있고 기댈 수 있는 존재가 되고 싶었어요. 우리는 우정이라는 깊은 감정을 공유하며, 행복과 슬픔을 나누고 서로에게 의지했어요. 진정한 친구가 무엇인지 깨닫게 해준 고마운 친구랍니다.

"우리 아프지 말자."

여러분도 그랬으면 좋겠어요. 좋은 사람들과 함께하며

아픔은 찰나로 잊고, 좋은 기억은 오래 가지고 갔으면 좋겠어요. 떠올릴 때마다 끙끙 앓는 아픈 불행 대신 대체할 수 있는 행복이 있기를, 당장 정말 죽을 만큼 아프더라도, 시간이 지나 진정한 내 사람들과 함께 웃으며 "그땐 그랬었지"라고 말할 수 있게 되기를 바라요.

삶을 사는 데도
기술이 필요하다

누가 봐도 짜증 나고 화나는 일을 겪었음에도 코미디처럼 이야기해주는 낙천적인 친구가 있어요.

"오늘 된통 깨졌어. 과장님 앞에 서서 혼나고 있는데, 과장님 콧속에서 코털이 나왔다 들어갔다 하는 거야. 혼나는 건 둘째 치고 그게 너무 웃겨서 참느라 혼났네."

그 친구는 넘어져서 꼬리뼈를 다쳤을 때도 아주 재미있는 일처럼 이야기해주었어요.

"퇴근하고 집에 오다가 빗물에 미끄러져서 넘어졌지 뭐야. 엄청 요란하게 엉덩방아를 찧었어. 너무 아파서 병원에 갔더니 꼬리뼈 골절이래. 깁스해야 되냐니까 의사가 이 부위에는 깁스 못 한대. 기념으로 엑스레이 사진 가져왔어. 깁스도 못 하는 내 꼬리뼈 가엾지?"

자동차를 운전할 때 깜빡이를 켜지 않고 마구잡이로 끼어들거나 앞길을 막으며 진로를 방해하는 차를 봐도 화내지 않았어요.

"내버려 둬. 조상님이 급하게 부르는가 보지."

그래서 만나면 재밌어요. 일상이 늘 코미디 같고, 해학적인 면이 있어요. 불행한 일은 없는 것 같았지요. 사실 친구도 우리와 다름없는 평범한 인생을 살아가고 있었어요. 누구에게나 공평하게 찾아오는 불행을 똑같이 겪고 있었지만, 멀찍이 물러서서 자신의 불행을 다른 시각으로 바라보며 희극으로 승화하는 능력이 있었던 것이죠.

이 친구와는 반대로 모든 일을 심각하게 받아들이고 늘 부정적으로 이야기하는 사람이 있어요.

드디어 취업에 성공했다는 사람에게 "거기 별로인 것 같아. 밤마다 야근하는지 맨날 불이 켜져 있더라"라고 말하며 초를

치거나

새로운 일을 시작하려는 사람에게 "하던 게 제일 낫다고 생각할걸"이라며 힘 빠지게 하거나

정말 갖고 싶던 물건을 샀다는 사람에게 "그 돈 주고 사기 아까운데?"라며 신경을 긁어대요.

이런 식으로 모든 일을 부정적으로 말하는 사람과 함께 있으면 진이 빠지죠. 자기 자신과의 대화에서도 이렇게 부정적인 말만 하면 스스로 무기력해지고 말 거예요.

"새로운 걸 배우라고? 학원에 등록하더라도 이틀 가고 말걸? 뻔하지, 뻔해."

부정적인 말은 다리를 걸어 넘어뜨리는 장애물과 같아요. 모든 것을 정체시키고, 심지어 그 자리에서 고꾸라지게 만들죠.

우울하고 괴로울 땐 재밌고 웃긴 생각을 하자. 낙천적인 친구가 늘 하는 말이었어요. 확실히 그렇게 웃음을 터뜨린 후, 마음이 안정이 되면 현실을 더욱 객관적으로 바라볼 수 있게 되더라고요.

마음이 꼬이면
인생도 꼬이는 법

엄마랑 음식점에 갔을 때의 일이에요. 한참을 기다려도 음식이 나오지 않아서 직원을 불러 주문이 누락됐는지 물어보았어요. 직원은 연신 죄송하다, 주문이 밀려서 그렇다고 말하며 얼른 갖다주겠다고 했어요. 한 끼도 못 먹어 배고프다던 엄마는 오히려 웃으며 이렇게 이야기했어요.

"어쩔 수 없죠, 괜찮아요. 더 맛있게 해주세요."

우리 테이블만 늦어지는 것이 아니었는지, 옆에 앉은 아저씨가 큰 소리를 치기 시작했어요.

"한 시간을 기다렸는데! 아직도 안 나오는 게 말이 돼?"

식사하던 사람들이 인상을 찌푸리며 그 아저씨를 봤어요. 아저씨 옆에 앉은 아주머니는 안절부절못하고 있었죠. 그는 딸뻘 되는 직원에게 욕을 하고 계속해서 고함을 쳤어요. 연거푸 사과하는 그 직원의 얼굴은 금방이라도 울음을 터뜨릴 것 같았어요.

"거, 그만합시다. 왜 애꿎은 사람에게 그럽니까? 정 급하면 다른 곳으로 가세요."

손자로 보이는 아이와 함께 앉아 있던 점잖은 할아버지께서 만류하셨지만 고성은 끊이질 않았어요. 결국 여기저기서 사람들이 거세게 비난했고, 얼굴이 새빨개진 아주머니가 아저씨를 끌고 나가더군요. 이후 가게 사장님은 음식이 늦게 나오거나 메뉴가 잘못 나간 테이블에 음료수를 하나씩 서비스로 돌렸어요.

"저 아저씨는 화내느라 밥도 못 먹고 음료수도 못 받았네, 그치?"

할아버지가 손자에게 웃으며 이야기하는 것을 들었어요.

내 마음에 들지 않는다고 화를 내고 불평하기보다는 오히려 상냥하게 웃으며 이해하고 받아들이는 것은 타인을 향한 친절한 호의가 될 뿐만 아니라 내면이 성숙해지는 일이에요.

원하는 대로 되지 않는다고 해서 화낼 필요 없어요. 그럴 수 있지, 하고 넘어가는 거예요.

화를 내고 소리 지르고 괴롭힌다고 해서 해결되는 것은 없어요. 다수에게 비난받은 아저씨처럼 화내는 사람만 손해거든요.

마음은 부드러운 게 좋아요. 내게 어떠한 변화가 찾아오든, 어떤 모양의 불만과 고통이 찾아오든 부러지거나 깨지지 않고 유유히 지나칠 수 있거든요.

시시각각 변화하는 삶의 통로를 유연하게 지날 수 있죠. 통로의 모양에 따라 찌그러지고 동그랗게 변한다 해도, 그럼에도 내가 나라는 것은 변하지 않으니까요.

어느 날, 고양이가 왔다

　　독립해 집을 구한 뒤 얼마 지나지 않아 아는 사람이 자신이 키우던 고양이를 우리 집에 버리고 갔어요. 다시 찾아갈 생각이 없는 것 같아서 고양이에 관해 검색하고, 관련 서적을 찾아 읽고, 고양이 용품을 잔뜩 사고, 캣타워도 설치해 함께 살기 시작했답니다. 그런데 얼마 안 가 내게 고양이를 버린 그 사람이 갑자기 고양이 값을 달라고 연락해왔어요. 어이가 없었지만 그런 사람에게 돌아가 봤자 제대로 보살필 것 같지도 않고, 또다시 어딘가에 버릴 수도 있을 것 같아서 깔끔하게 정리하기 위해 돈을 보냈어요.

　　보드라운 털을 가진 고양이는 귀엽고 사랑스러웠지만, 낯선 환경에 의기소침해 있었고 성격도 까칠한 편이었어요. 나랑 친하게 지낼 생각은 전혀 없어 보였어요. 퇴근하고 집에 돌아오면 이불에 오줌을 싸놓고, 벽지를 긁어 뜯어놓고, 쓰레기를 헤집어 대환장파티를 만들어놓곤 했어요. 반려동물을 키우는 것이 로망이었지만 막상 키워보니 생각보다 쉽지 않았죠.

설탕 봉투를 터뜨려서 온 바닥에 난리를 쳐놓고는 아무것도 모른다는 표정으로 몸을 쭉 늘여 도도하게 기지개를 켜는 모습을 보면 어처구니가 없기도 했어요.

"그래, 네가 뭘 알겠니."

나는 해탈의 경지에 이르렀어요. 곤히 자고 있는 내 발가락을 깨물어도, 내가 옆을 지나갈 때면 깡패냥이처럼 툭툭 쳐서 옷이 찢어져도 그러려니 했어요. 시간이 흐르면서 우리는 점점 친해져 갔어요.

고양이는 매일 함께 사는 사람을 관찰하기 때문에 평소와 다른 변화나 감정의 신호를 알아차릴 수 있다고 해요. 게다가 사람과 자신이 다른 존재라는 사실을 모르고, 엄마 고양이나 새끼 고양이로 인식한다고 하더라고요. 생각해보면 고양이가 나를 꽤 많이 돌봐주고 있었던 것 같아요. 이 고양이의 세상에는 나밖에 없었으니까요.

잠에서 깨 눈을 뜨면 늘 내 발밑에 똬리를 튼 채 누워 있었고, 퇴근 후에 집에 돌아오면 현관 앞에 앉아 맞이해주었어요. 화장실을 위험한 곳이라 생각해 피하면서도 내가 화장실에 갈 때마다 따라와 지켜봐 주곤 했어요.

아파서 누워 있을 때는 하루 종일 옆에 앉아 쳐다보기도 하고, 내가 울고 있을 때면 물을 싫어하면서도 내 앞에 다가와 뚝뚝 떨어지는 눈물을 그대로 머리에 맞으며 위로하듯 곁에 있어 주었어요. 나를 가족이라고 생각해 보살펴준다니, 귀엽기도 하고 행복하기도 했어요.

가끔 말썽을 피우긴 했지만 나에게 행복을 가져다주는 순간이 더 많았어요. 고양이의 시간은 사람보다 빨리 흐르기에, 벌써 내 나이를 뛰어넘어 할아버지 고양이가 되었지만 다행히 아픈 곳 하나 없이 건강하게 지내고 있답니다.

오랜 세월 당연한 듯 내 일상에 녹아들었던 존재가 한순간에 사라지는 걸 상상하면 몹시 두려워져요. "에이, 밥 잘 먹고 아프지만 마라" 하며 함께 보낸 시간은 어느새 내게 커다란 의미가 되었으니까요. 그래서 더 잘 챙겨주고 소중하게 대해주려고 해요. 훗날 먼저 내 곁을 떠나더라도, 내 일상에 따스하게 건네주었던 행복만큼 나와 함께했던 묘생이 행복했다고 느낄 수 있게. 나의 친구, 나의 가족에게.

고양이이면서도
집을 개판으로 만들었구나.
정말 장하다.
건강하게 오래오래만 살아라.

아무것도 모른 채 어른이 되었다

초판 1쇄 발행	2021년 8월 17일
초판 9쇄 발행	2022년 9월 5일

글·그림	을냥이

편집인	이기웅
책임편집	안희주
편집	주소림, 김혜영, 양수인, 한의진, 오윤나, 이현지
디자인	MALLYBOOK 최윤선, 정효진
책임마케팅	정재훈, 김서연, 김예진, 김지원, 박시온, 류지현, 김찬빈, 김소희, 이주하
마케팅	유인철
경영지원	김희애, 박혜정, 박하은, 최성민
제작	제이오

펴낸이	유귀선
펴낸곳	㈜바이포엠 스튜디오
출판등록	제2020-000145호(2020년 6월 10일)
주소	서울시 강남구 테헤란로 332, 에이치제이타워 20층
이메일	odr@studioodr.com

ⓒ 을냥이

ISBN	979-11-91043-37-2 (03810)

스튜디오오드리는 ㈜바이포엠 스튜디오의 출판브랜드입니다.